新潮文庫

どこかの事件

星新一著

どこかの事件

☆目次☆

どこかの事件

上役の家

部長に呼ばれ、社員であるその青年は、首をかしげた。なんだろう。注意されるような失敗は、やってないはずだ。仕事は一段落しかけているところで、つぎの指示には早すぎる。そんなことを考えながら部長席に行くと、こう言われた。

「いつも、よく働いてくれるな」

「はい、一生けんめいに、やっています」

「奥さんは、元気かね。そろそろ、結婚一年目ぐらいだろう」

「一年と二カ月になります」

「どうだ、こんどの休日に、奥さんとふたりで、うちに来ないか。ごちそうするよ。ゆっくり、きみと話したい。これからも重要な仕事を、つぎつぎと、やってもらうことになるだろう。遠慮のない意見も、聞きたいしね」

「ありがとうございます。おうかがいいたします」

社内でも、やり手と評判の部長なのだ。こんなふうにさそわれるのは、悪いことじゃない。青年は、うきうきした気分になった。自分の席に戻り、となりの机の年配の社員に、そのことを話した。

「部長のうちに招待されたよ」

「それはそれは……」

微笑が、かえってきた。ほかになにか言いたそうな表情だったが、言葉はそれで終りだった。まあいい。とにかく、これはいいことなのだ。それだけ部長に信用されたというわけであり、これを機会に、親しみもますだろう。

約束の日、青年は妻とともに、部長の家を訪れた。場所は、すぐにわかった。しゃれた外見の、一戸建ての家だった。広くはないが、芝生を植えた庭もある。

玄関のベルを押すと、部長があらわれて迎え入れてくれた。

「よくきてくれた。まあ、あがってくれ」

玄関のそばの、応接間に通された。すみには外国の民芸品が飾ってあり、趣味のいい部屋だった。ふたりを椅子にかけさせ、部長はいったんそこを出て、コーヒーを運んできた。

「わたしがいれたインスタントのだから、濃さがお好みに合わないかもしれないが、まず、これでも飲んで……」

「あの、奥さまは……」

「料理に使う香料がきれてたのに気づいて、それを買いに、ちょっと外出したんだ。ワイフは、よくそれをやる。しかし、出来あがりの味のほうは、ご期待にそえると思うよ」

「楽しみですね」

「それから、まことにすまないが……」

と部長が言いかけたので、青年は聞いた。

「なんでしょうか」

「じつは、わたしも同様なんだ。親友の誕生日のことを忘れていた。花屋に行ってくるから、十分間ほどここで待っていてくれないか」

「それでしたら、ぼくがかわりに……」

「行きつけの店があるんだ。つけるカードへのサインもいる。地図を書いてたのんだりするより、自分で行ってきたほうが早い。それに、きょうは、きみがお客なのだ。使いだてしては悪い。すぐ戻るよ。じゃあ……」

部長は、出かけていった。ふたりはしばらくのあいだ、留守番をやらされる形になった。

「このへんは、静かな住宅地でいいわね」

「ぼくたちのマンションよりはね」

ふたりは、コーヒーをゆっくりと飲んだ。ほかにすることもなく、青年は、立って壁の版画を眺めた。その時、天井裏で物音がした。

「ネズミかしら」

まだつづいている音に耳を傾け、青年は首を振った。

「ちがうな。ネズミなら、ああゆっくりとは歩きまわらない」

「じゃあ、なんなのよ」

「ネコじゃないかな」

「ネコが天井裏にいるわけ、ないじゃないの。さっき、そとから見たけど、この部屋の上は屋根よ。二階のあるのは、もっと奥のほう。それに、屋根の上を歩く音じゃないわ。たしかに、天井裏での音よ。なにかがいるのよ」

その物音はやんだ。しかし、またはじまるのじゃないかという感じもした。

「昔の人は、金持ちの家には、ヘビが住みついてるなんて言ってたそうだが」

「いやよ、そんな話。えたいのしれないものが、天井裏にひそんでいるなんて、気持ち悪いわ。だけど、あれはヘビなんかじゃないわ。歩いている感じだったもの。大きなトカゲかしら……」

彼女は自分で勝手に想像をひろげ、顔の色は少し青ざめた。

とつぜん、赤ん坊の泣き声が聞えてきた。

「あら、赤ちゃんがいるのね」

「部長にそんな子供が生れたなんて、聞かなかったけどな」

「親類からたのまれて、二、三日あずかっているのかもしれないわ。いままで眠ってたのが、目をさましたのよ」

赤ん坊の泣き声には、人間味があふれており、天井の音のことを忘れさせてくれた。

「あたし、あやしてくるわ。ああいう泣き声って、ほっぽっておけない気分にさせられるわね。ここの奥さん、そのままにして出かけちゃうなんて」

「仕方ないよ。ほんのちょっとの買い物での、外出だもの。それに、本来なら部長がいるはずなんだ」

「そうだったわね。となると、部長さんのためにも、ほっとけないわ……」

彼女は立ち上り、部屋から出ていった。青年はそういうことは苦手だと、あとに残った。

「きゃあ、あ、あ、あ……」

妻の悲鳴がひびきわたった。ただならぬことが、起ったらしかった。青年は、となりの部屋へ走りこんだ。

「どうした。なにが起ったんだ」

「あ、あれよ……」

指さしている床の上には、赤ん坊の首がころがっていた。彼女は、わめくように言う。

「……こ、ここへ入ったら、ベッドの上に、赤ちゃんがうつぶせになっているの。抱き上げようとさわったら、首がとれて。な、なにがどうなっているの。まだ泣いているじゃないの……」

「まあ、落ち着け……」

夫としての立場もある。青年はかがみこみ、こわごわと目を近づけた。それから、うなずいて手にとった。

「なあんだ」

「なんなのよ、なんなのよ。早く、その首の泣き声をやめさせて……」

「もう大丈夫だ。こわいことなんかない。つまり、こういうことなんだ」

青年は、ベッドの上の毛布をはねのけた。予想どおり、そこで小型のテープレコーダーが回っていた。スイッチを押すと、つづいていた泣き声がとまり、静かになった。彼女もそれを見て、やっと息をついた。

「あら……」

「よく見てごらん。この首だって、プラスチック製さ。うつぶせに置いたのが、みそだな。うえをむかせて置いたら、表情が動かないので、すぐに気づかれてしまう。ちょっとした、いたずらさ」

「あたし、すっかり驚いちゃった。まだ、胸がどきどきするわ」

「部長も、ひとが悪いな。なるほど、そうだったのか」

「なんのことよ」

「会社のとなりの席の人に、ぼくが部長に招待されたって話したら、だまって笑っていたのさ。このことだったんだな。あらかじめ教えてしまっては、だれもひっかからず、楽しみがなくなってしまうものな」

　ようすがわかってきて、笑いあう余裕がでてきた。応接間に戻る。妻が言った。

「すると、さっきの天井の音も……」

「なにか、しかけがしてあったってわけさ。作る気になれば、あれぐらいの音は、どうにでも出せるさ。部長も、妙なことが好きなんだなあ。家に呼んでおいて、いろんな方法で驚かすなんて」

「こんど、あたしたちも、なにか新しいのを考えましょうよ。部長さんをおよびして、きょうのおかえしをするのよ。こんなの、どうかしら。電話が鳴る。部長さんに出ていただく。すると、録音の声がこう言うの。こちらは局ですが、この番号はただいま使われておりません、番号をおたしかめになって、おかけなおし下さい。そこで、あたしが、いま、どこからでしたって聞くの……」

「面白いな。きっと、めんくらうよ。つまり、ぼくがマンションのとなりの人のとこへ行って電話を借り、そのテープを回すってわけか。部長も喜ぶだろうな」

　びっくりはさせられたものの、たねはすぐに割れたし、不快な感情は残らなかった。そのうち、妻が壁を指さした。

「あら、ごらんなさいよ。さっきは、ただのうっすらしたよごれだったけど、いま見ると、なんだか人の顔みたいになっているわ」

「そういえば、そうだ。古い手だけど、部長もあれこれ考えるなあ。壁のなかに配線がしてあるのさ。電流だか熱だかを加えると、図形が現れるってわけさ。しかし、金もかかるだろうな。こんなにまでオカルト手品に熱中しているとは、知らなかった」

「会社でビジネス関係にいろいろ頭を使うと、なにかで気をほぐしたくなるんでしょ」

「そうだろうな。管理職というものはね」

やがて、部長が帰ってきて、顔を出した。

「お待たせした。退屈だったかね」

「とんでもありません。すっかり楽しませていただきましたよ。花屋なんて口実でしょう。それに、奥さまもおたくのどこかに、かくれておいでだったんでしょう」

「そんなとこだね。で、ひっかかってくれたってわけか。驚きすぎて、気を悪くされたのだったら、あやまるが」

気がかりそうな部長に、青年の妻が答える。

「そんなこと、ございませんわ。そりゃあ、その時にはびっくりしましたけど。こんな経験、はじめてで、刺激的でしたわ。めったに味わえないことですもの」

つづいて、部長の夫人があいさつに来た。

「いらっしゃいませ。お食事の用意ができましたわ。どうぞ、こちらへ……」

ダイニング・ルームのテーブルの上には、さまざまな料理が並んでいた。どれもおいしかったし、ワインも高級だった。会話がはずむ。会社のこと、流行のこと、時事問題。こころよい時間を、すごすことができた。食事のあと、部長が言った。

「きょうのこと、あまり、ひとに話さないでもらいたいんだが……」

「わかってますよ。つぎの人の楽しみを奪ってしまうことに、なりますものね。そのうち、ぼくの家にもおいで下さい」

やがて、ふたりはお礼を言って帰っていった。それを見送った部長と夫人は、応接間に入る。部長は壁を指さして言う。

「やっぱり出やがった。いつもと同じだ。来客のたびにな。まったく、執念ぶかい」

壁の形は、もとのよごれに戻っていた。

「どうしようもないわよ。引っ越しても、壁を何回ぬりなおしても、そうなんだから」

「きみがぼくと結婚したんで、こいつ、世をはかなんで自殺したんだったな」

「陰気なんで、あたし、どうしても好きになれなかったわ」

「ぼくをうらんで、こんなふうに現れるのかな。それとも、きみをうらんでかな」

「男の人の心理って、どうなのよ。あたしに聞いたって、答えられないわ。ただ、これだけは、たしかよ。あなたと結婚して、よかったってこと」

「ぼくもだよ。それにしても、こいつ、来客のたびに壁に現れるけど、どういうつもりなんだろう」

「たぶん、いやがらせのつもりなんでしょ。でも、あたしたち最初は困ったけど、なんとか対策をみつけちゃったわね」

「ああ。そうだ、となりに新しく越してきた人を、そのうち招待しよう。ここはビックリ・ハウスの趣味の人の家だってことを、知らせとかなくては……」

「幽霊屋敷じゃないってこともね。でも、もし、たねあかしを迫られたら……」

「そういうことは、質問しないのが礼儀ってものさ。しかし、もうひとつ、なにかつけ加えたい気もするな。手品でよくある、箱のなかの動物が消えたりするの、あんなのはどうだろう。いや、それじゃちょっと大げさすぎる。いじると、かぼそい悲鳴をあげる小形の地球儀なんか作れないものかな。そうなったら、壁の怪奇現象なんか、もう完全にかすんでしまう」

入会

ひとりの老婦人がいた。

夫は何年か前に死去していたが、かなりの財産を残してくれたので、生活には少しも困らなかった。たぶん、死ぬまで困らないだろうし、そのあとにも、まとまった遺産が残るほどの余裕があった。

男二人、女二人の子供があったが、いずれも結婚して独立し、べつなところに住んでいる。そして、時どき遊びに来る。つまり、老婦人は広い屋敷のなかで、住み込みの中年夫婦に身のまわりの世話をされながら、なに不自由なく毎日をすごしていた。まだ、そうふけこんでもいない。

まさに、優雅なものだった。時たま外出し、芝居を見たり、音楽会を聞きに行ったり、買物をしたり、同じような上流社会に属する人たちとの会合に出たりする。

定期的に医師の診断を受けているが、とくに問題はなかった。さしあたって、心を悩ますものは、なにもなかった。

ある日、青年が訪れてきた。どうせなにかの勧誘だろうとは思ったが、ひまを持てあましていた午後でもあり、老婦人は面会してみようという気になった。

青年は応接間に入ってきて、礼儀ただしくあいさつをした。

「はじめてお目にかかります。事情があって、名刺はさしあげられませんが……」

と名前だけを告げた。その失礼をおぎなうかのように、服装も動作もきちんとしていて、いやな印象は受けなかった。老婦人は言った。

「ちょっとミステリーじみていて、面白いわね。普通の人だと、むやみと名刺だのパンフレットのたぐいを取り出すところよね。そうなさらないところが、変っていていいわ」

「恐れ入ります。たまに、そのようにおっしゃっていただけることがあり、わたくしも、この仕事をやっていてよかったと……」

喜びかける青年を制して、老婦人は言う。

「だけど、結局はなにかの物品かサービスを、売りつけようというわけでしょう」

「さようでございます」

「お気の毒ね。あたしのとこ、なにもかも、まにあっているの。それに、財産をふやそうとも、考えていないの。いまのままで充分。へたに投資なんかして失敗したら、つまらないしね。現状で満足。なに不自由ない生活なのよ」

「本当に、そうなのでしょうか」

「若さなら、買ってもいいけど、それはむりな相談でしょ。あたし、若がえることへの執着も、あまりないの。だって、かりに若がえることができたとして、もう一回結婚をしても、いままでのような順調な生活がおくれるとは、限らないでしょう。つまらない苦労をするより、いまのままのほうが、いいの」

「それはそうでございましょう。しかし、なにか物たりない点が、おありのはずです。よく、お考えになってみて下さい」

と青年にうながされ、老婦人は、しばらく頭を傾けてから言った。

「そうね、しいてあげれば、退屈という点かもしれないわね。一日一日、どうということもなく過ぎてゆく。ほとんど、思い悩むことがない。問題といえば、そのへんね」

「さようでございましょう。こう申し上げては失礼かもしれませんが、頭というものは、使わなければいけません。とくに、ある年齢以上になりますと……」

「つまり、ぼけちゃうっていうわけね。としをとれば仕方のないこととはいうものの、そうならないですめば、それに越したことはないわね」

「さようでございますとも。そのことについて、お役に立とうというわけでして」

「なんだか、興味がわいてきたわ。いままで、いろんな人が来たけど、そんなサービスの話など、聞いたことがないわ」

「はい、その独自性が売り物でして」

「つまり、身の安全は保証されていて、なにか、スリルを味わわせてくれるとでもいうの」

「まあ、そういったところでございます。もっとも、スリルと一口にお片づけになりましたが、そうお感じになられるかどうかは、主観的な問題でございます。ですから、必ずそうなるとのお約束は、できかねます。しかし、ご入会いただければ、人によって程度の差はございましょうが、ある程度の精神的な刺激が受けられ、人生や社会をみつめなおし、頭をお使いになれることだけはたしかで……」

「ぼけなくて、すむってわけね」

「その通りでございます」

と青年はうなずき、老婦人はさらに関心を示した。

「いま、入会とかおっしゃったわね。すると、その会員のかたたちと、楽しい会合でも開くってことなの……」

「そういったたぐいのことでしたら、すでに、ご経験なさっておいででしょう」

「ええ、年に何回かずつ、いくつかの、ある種の集りに出ているわ。だけど、いつも同じ話題のくりかえし。どうってこともないわ」

「そういうものでございますよ。ありふれた会合ですと、顔ぶれが変りませんから、最初のうちはともかく……」

「じゃあ、その会では、会合を開かないの」

「はい。おたがいに顔を合わせないのが、特徴というわけでして……」

「変った会なのね。そんなの、聞いたことがないわ。だけど、本当にスリルだか刺激だかを味わわせてくれるのかどうか、その点がはっきりしてないみたいね。漠然としているわ。そんなじゃ、だれもお金を出して入会する気には、ならないわよ」

「ごもっともで、ございます。わたくしとしても、すぐご入会ください、さあお金をなどとは、申しません。仮入会という方法も、あるのです。入会金のお支払いは、おためしになった上でけっこうでございます。また、いや、そんなことに興味はない、現在のままで満足しているとおっしゃるのでしたら、これ以上むりにおすすめはいたしません」

青年は、押しつけがましくなかった。老婦人は身を乗り出した。

「あら、仮入会なんてことができるの。あたし、ためしに入ってみようかしら。なにしろ、毎日が退屈でならないの。なにか、もう少し変化をつけたい気分なのよ」

「しかし、仮入会の臨時会員であることは、秘密にしておいていただきたいのです。そもそも、会そのものが秘密なのです。名称さえない。ニュースになっては、困るのです。そうなったら、会員としての楽しみがなくなってしまう。そういう性質のものなのです」

「なんだか面白そうね。仮入会させていただくわ。その、秘密というところが気に入ったのよ。胸がときめくわ。こんなこと、何十年ぶりかしら」

「だいぶ平穏なご生活だったようでございますな」

「そうなの。で、手続きは、どうすればいいの」

「入会のご意志をうかがえば、それでよろしいのでございます。書類なんかを作っては、公然の会になってしまいます。あとは、さきほども申しましたように、秘密を守ると誓っていただきます。それを破ると、制裁を受けることも……」

「わかったわ。誓うわ……」

「では、仮入会ということにいたします。ところで、どういうことをするのか、お知りになりたいでしょう。それにつきましては、いずれお電話で、お知らせいたします。なさっていただくことは、時によってちがうのです」

「なんだか楽しくなってきたわ」

「では、これで……」

青年の帰っていったあとも、老婦人はしばらく、うきうきしていた。いったい、どういうことになるのだろう。その、予想もつかないところが、すでにひとつの刺激でもあった。もしも、手にあまるような注文だったら、やめればいい。入会金を払った会員じゃないのだから、義務はないはずだ。その点、気が楽だった。

しかし、それからしばらく、なんの連絡もなかった。

忘れかけたころ、電話があった。夜の八時ごろで、いつかの青年の声だった。

「先日は失礼いたしました」

「あたしが仮入会したのを、お忘れになったのかと思っていたわ。あれから、なんにも連絡がないんですもの」

「これが連絡であり、ご依頼というわけでございます。やっていただけましょうか」

「できることならね」

「ある電話番号を、お知らせいたします。メモをなさらず、頭でおぼえて、すぐ、それにおかけ下さい。若い女性が出るはずでございます。その人を相手に、できるだけ長く、お話をなさって下さい。長ければ長いほど、よろしいのです。そこが、あなたさまの腕の見せどころでして……」

「そんなことなら、うまくできそうだわ。それをやると、どうなるの」

「それは、あとのお楽しみでございます。では、番号を申しあげます……」

それが告げられた。老婦人が念のためにくりかえすと、青年はよろしくと電話を切った。

彼女はさっそく、それをやった。相手は若い女だった。ちょうどひまを持てあましているのか、話につきあってくれた。老婦人はここぞとばかり、そのことに熱中した。知名人のうわさ話をし、面白い体験を話し、一転して相手の悩みごとの相談に乗ってやり、自分でも時のたつのを忘れるほどだった。

一時間半ぐらい、話しただろうか。やっと受話器をおく。これぐらいやれば、いいのじゃないかしら。でも、こんなことに、どういう意味があるのだろう。老婦人はあれこれ考え、けっこう頭を使った。これが、あのスリルと刺激というものなのかしら。

何日かして、またあの青年が訪れてきた。老婦人は待ちかねていて、質問した。

「あれで、よかったのかしら」

「けっこうでございました。大変なお腕前ですね。わたくしがみこんだだけのことは、ございました。おかげさまで、なにもかも、うまくまいりました」

「お役に立つこととは、知らなかったわ」

「ところで、わずかではございますが、これはお礼でございます」

青年は、封筒をさし出した。老婦人はなかをのぞき、紙幣が入っているのを知って、驚いて言った。

「あら、お礼がいただけるなんて、夢にも思わなかったわ。本当に、いただいていいの」

「はい」

「だけど、いったい、どういうことなの」

「それは、ちょっと……」

青年は口ごもり、彼女の好奇心はかえって高まった。

「ねえ、どういう役に立ったのよ」

「それについては、申し上げられないのです」

「ますます気になるわ。このあいだから、いろいろと想像し、頭を使っている。脳への適当な刺激になり、いいことなんでしょうけど、このままじゃ落ち着かないわ。わけがわからず、いらいらするっていうのは、ストレスかなんかで、からだに悪いんじゃないかしら。あなたの責任よ」

「未知のままになさっておき、ご心配のほうはおやめになり、想像を楽しむというぐあいに、プラスの面だけ、ご活用いただきたいものです」

「そんなこと言ったって、むりよ。わけを教えてよ」

老婦人が知りたがるのも、当然だった。

「なるべくなら、このままで……」

「どうしても、だめだっておっしゃるの」

「絶対にというわけでは、ございませんが」

「どうしたら、教えていただけるの」

「仮入会でなく、正式に会員になっていただければ……」

「なるわよ」

「申し上げにくいことですが、それには、入会費をお払いいただかなくてはなりません。その費用は、お安くございません。むりに正会員にならず、いまのように想像で楽しんでいたほうが、よろしいのではないかと存じますが」

「事情がわかったら、楽しみも消えてしまうとでもおっしゃるの」

「いえいえ、刺激については、もう少し強くなります」

「お金なら、あるわよ。それに、あたし、知りたくてならないの。きっと、すごく刺激的なことなんでしょうね」

「はい。どなたも、たぶん、そうお感じになっておられることと思います……」

青年は、金額を口にした。安いとはいえない額だったが、老婦人はそれを支払った。彼女にとって、それぐらいはなんとかなるのだった。金をポケットに入れた青年に、説明をうながす。

「さあ、これでいいわけでしょ。いったい、どういうことなの」

「じつは、こういうことなのです。ここに、ある老人がいるとします。金持ちの老人です。妻に先立たれたが、生活に不自由はない。毎週、きまった日に、あるレストランで夕食をとるのを習慣としている。ちょっとした気ばらしなのです」

「そのかた、どんなかた。お会いしてみたいような気がするわ」

「話をそらさないでいただきたいものです。たまたまレストランにやってきたお客が、老人と同じ料理を注文し、こう味つけしてくれ、自分の好みだし、あの老人も珍しいと喜ぶだろうと、あるスパイスの名をボーイに教える」

「味つけに使う植物のことね」

「ええ。じつは、そのお客も会員なのです。それがどういうことかは、順を追ってお話しするうちに、おわかりいただけましょう。さて、そのスパイスですが、老人の体質に合わないものだった。アレルギー反応を起すのです。気分が悪くなり、レストランから、かかりつけの医者に電話をした。しかし、何回かけてもお話し中……」

「なぜ……」

「それは、つまり、あなたさまが、その番号へおかけになっていたからで……」

「あら、あの長電話がそうだとは知らなかったわ。お気の毒ね。で、それからどうなったの」

老婦人はさきを聞きたがり、青年は話した。

「しようがないのでレストランを出ると、車が寄ってきて止まり、おみかけしたところご気分がよくないようだ、お乗りになりませんかと声をかけられる。それはありがたいと乗せてもらい、老人は食事をしていて気分が悪くなったことを話す。すると、そういう症状だったら、車に乗ってゆられたりせず、そとの空気を吸ったほうがいいとすすめられて、車からおりる」

「なぜ、そんなことに」

「つまり、運転していた人も、会員というわけでしてね。この説明だけではご不満でしょうが、まあ、お聞き下さい。老人はすすめられたほうへ歩いてゆく。たしかに、あたりは静かで、木がしげっている。しかし、そこは墓地なんです」

「まあ」

「老人はそれに気づき、いやな気分になる。神経が鋭敏になる。だれだって、夜の墓地は楽しいものじゃありませんものね」

「そりゃあ、そうよ」

「その時、そばでなにかが、ぼっと光る」

「なんだったの、それは」

「現実は、なんということもない。つまり、ちょうどそこにいた会員のひとりが、そこでライターをつけたのです」

「でも、そうと知らないのだったら、ぞっとしたでしょうね。あたしだったら、気が変になるわ」

「その老人も、それに近い状態になりました。そして、その次には、白い大きな犬に不意にほえつかれ……」

「なんだか、まだるっこしいわね。で、そのかた、最後にはどうなったの」

「水死体となって、つぎの朝、港の海上に浮かんでいたのを発見されたのです」

「まあ、なんてこと……」

顔をしかめる老婦人に、青年は言った。

「つまり、いろいろな偶然が重なったあげく、そういう結末になってしまったというわけでして……」

「偶然といっても、いつも会員が関連しているんでしょう」

「さようでございます。老人は追いつめられたような気分で、ボートへ乗る。安定性がよくないので注意という札がついているが、夜だから見えない。岸を離れると、たまたま近くを大きな船が通り、その波でひっくりかえる。助けを呼んだが、ちょうどその時、岸のあたりで自動車のクラクションを鳴らしつづけた人がいて……」

それを聞いて、老婦人は声を高めた。

「だったら、殺人じゃないの……」

「しかし、だれも殺そうなんて考えて行動した人は、いないんですよ。ひとりも。たのまれて、ちょっとやってみただけです。クラクションを鳴らしつづけた者も、白い大きな犬を連れて散歩していた者も、電話をなさっていたあなたさまも」

「知らなかったからよ。こんな大それたことは、いつかは発覚するわよ」

「どうしてです。会員はみな、口がかたいのでございますよ」

「だけど、殺人という大変な行為よ」

「あなたさまは、長電話をなさった。それを悪事だとお思いになりますか。そのことで、警察へ自首なさいますか」

「しないわよ。そんな巻きぞえはごめんだし、あたしが殺したのじゃないもの」

「さようでございましょう。どなたさまも、そういうご気分なのでございます。雨だれが石に穴をあけるという、ことわざがあります。どの一滴のためか。最初の一滴か、最後の一滴か、途中のどれかなど、判定のつけられないことなのです。しかし、穴があいた。その結果は、じつにすばらしい」

「すばらしいですって。すると、会員たちは、みな、それを楽しんでいるのね」

「自分の、つまらない、ちょっとした行動。たとえば、墓地でタバコにライターで火をつける。それが、じつは、なにか大きなことに関連していた。あとで、どうなにに及んだのかを知るというのは、悪くないことでございますよ。社会における自己の存在を、実感できるのです。あなたさまは、はじめてなので驚かれたでしょうが、いずれはおわかりになりますよ」

「なぜ、その老人がねらわれたの」

「その老人の兄の孫というのから、たのまれましたのでね。遺産の相続権者なのです。有意義な事業を早くなさりたがっておいででしたが、あいにくと資金がなく、困ったあげく、わたくしのところへ相談に見えた……」

「すると、あなたは、殺しをうけおったことになるじゃないの」

「わたくしは、なにも手を下していないのですよ。ただ、会員たちに連絡をしただけです。理屈では、殺人行為になるのかもしれない。しかし、だれもしゃべらないから、発覚しないのです。時には、殺人以上のすごいことに発展することもあります。逆に、うまくいかない場合もある。だから、会員たちも気楽だし、うまくいった時には、強い刺激が味わえるのです」

「いずれにせよ、犯罪システムであることに変りはないわ」

「いえいえ、みな、個人的には善良なかたばかりですよ。善良で気が弱いから、こういうことがお好きなのでして……」

「おそろしい話だわ。もう二度と、関係したくないわ。帰ってちょうだい」

「では、きょうのところは、これで……」

青年は帰っていった。老婦人は青ざめ、しばらく立ち上ることができなかった。

そのご、青年はやってこなかったし、電話もかかってこなかった。

老婦人は、ひまがあると考える。いや、そのことを考えつづけだった。あたしは、殺人の手伝いをしてしまった。知らなかったとはいえ、ひとりの老人を殺すのに手を貸してしまった。いままで、ずっと平穏な人生をすごしてきたのに、とんでもないことに、かかわってしまった。

警察に言うべきかしら。とても、自首する気にはならなかった。そんなことをしたら、殺人の共犯ということになり、一族の者たちに迷惑がおよんでしまう。それに、警察だって、どこまで信用してくれるかわからない。主張すればするほど、頭がおかしいと思われかねないはず。どっちにしても、ろくなことにはならないでしょうね。

そうそう、秘密をもらしたら制裁があるなんて言ってたわ。変なそぶりをみせたら、たちまち目標にされて、消されるかもしれない。そんな指示が会員たちに出されたら、防ぎようがない。巧妙にそれとなく動かされ、網にかかり、どうしようもなく、いつのまにかやられてしまうのだわ。

不安はいろいろとひろがる。あの老人、遺産が原因でああなってしまった。ひとごとじゃないようなことね。あたしのむすこの嫁、むすめのむこ、そのだれかが金を欲しがるなんてことも、ないとはいえない。そして、あの青年と知りあい、依頼することも……。

だけど、と老婦人は考えもする。あたしは、あの時、入会金を払ったわ。だから、正会員。ねらわれる心配は、ないのじゃないかしら。とはいうものの、正会員になっていれば大丈夫との説明は聞いていなかった。保障はないのだわ。

目標にされたら、もう最後なんでしょうね。いかに注意をしても、のがれられない。あきらめざるをえないようね。いまの世の中、不幸な目に会っている人は、どれも小さな偶然のつみ重ねによる結果だわ。それと同じというべきかもしれないわ。

あれこれ考えるが、なんの結論も出ない。

時には、こうも想像してみる。もしかしたら、なにもかもあの青年の口先だけのでっちあげで、入会金をだまし取ったのかもしれない。巧妙な詐欺。そして、被害者たちは、万一あの話が本当だったら自分も共犯だと、警察へ届けようとしない。だから、同じ手がほうぼうで使える。案外、そんなところかもしれないわね。

しかし、それも一時の気休めにすぎず、またあれこれ反省し、悩み、不安になる。老婦人の頭はいつまでも、ぼけることはない。その点だけは、たしかだった。

その一方、時たま、楽しいような気分になることもある。だれも知らないけど、あたしは殺人の手伝いをしたこともあるのだと思い出すことで。

そして、電話がかかるたびに、相手があの青年で、またなにか簡単なことを指示してくれないかなという期待が一瞬、頭をかすめる。

公園の男

都心からはなれた住宅地。たち並ぶ家々にとりかこまれたような形で、ちょっとした公園があった。木が植えられてあり、小さな池があり、それにそって散歩道もある。気の休まる、悪くない場所だった。

その青年は会社からの帰途、ここに寄ってベンチにかけ、しばらくの時間をすごすのを習慣としていた。雨が降っていたり、同僚とのつきあいがあったりしたらべつだが、そうでなかったら、たいていここへ立ち寄るのだった。

彼はまだ独身だったし、早く帰ったところで、することもない。天気のいい日のまだ明るい夕方に、公園のベンチで雑誌を読むということは、まさに健全ないこいのひとときだった。時には、幼い子供が声をあげて走りまわったりする。しかし、とくにむずかしい本にとりくんでいるわけでもないので、なれてしまえば、どうということもない。

その日も青年は、いつものように雑誌のページをめくりつづけていた。そのうち、同じベンチに並んで腰をかけた人があった。しかし、青年はまったく気にすることなく、読みつづけていた。一瞬ちらと目をやって、警戒すべき相手でないとみとめたためでもある。

やがて、となりに人のいることを忘れてしまった。ほとんど身動きをせず、タバコも吸わず、せきばらいさえしないせいもあった。人のけはいというものを、ぜんぜん感じさせないのだ。

ちょっと変だなあ。青年はなんとはなしにそう思い、横をむいてみた。その人は、まだそこにいた。平凡きわまる男だった。年は三十五歳ぐらいだろうか。もっと上かもしれないし、もっと下かもしれない。ちょっと見当がつかなかった。これといって特徴がない。服装も地味だった。

青年は、ふたたび本のページに目を移す。そうしながら、いま見たとなりの人の印象を思い出そうとしてみたが、なんにも頭に浮かんでこなかった。群衆というものを平均化し、このひとりの人物に代表させてしまったと形容したくなるような感じがする。おそらく別れて五分もすれば、すっかり忘れてしまい、二度と思い出すこともないだろう。

いったい、どんな人なのだろう。こうも特徴のない人は、青年の知りあいにはいなかった。おとなしい友人もいないことはない。しかし、それはそれで、ひとつの特徴なのだ。このとなりの男には、それさえもない。なんらかの事情でこういう人を手配しなければならなくなった場合は、きっと困るんじゃないかな。

興味と関心がわいてきた。なにか話しかけてみるか。青年はタバコを口にくわえ、男に話しかけた。

「すみませんが、マッチをお持ちでしょうか」

「あいにくと、わたしはタバコを吸いませんので」

返事をしてくれたはいいが、これまた特徴のない声と口調だった。どんな性格なのか、どんな職業なのかを知る手がかりにならなかった。この男は、家族や友人にとって、どんな意味の存在なのだろう。青年は箱にもどし、ポケットにしまった。

「吸うのをへらすのが、健康的ですね。失礼しました……」

これで、話しかけるきっかけにはなった。

「……ぼくはよくここへ来て、会社の仕事のあと、頭を休めることにしているんですよ」

「そうですか」

「あなたも時どき、この公園にいらっしゃるんですか」

「いいえ、きょうがはじめてです」

手ごたえのない返事ばかりだった。

「じゃあ、ここでどなたかと、待ちあわせというわけですか」

「まあ、待っているとはいえましょうが、ここにだれかがやってくるというのではないのです」

これまた、あいまいで、わけのわからない答えだった。なにか説明したくない事情があるのだったら、立ち入って聞くのは悪いかもしれない。しかし、そんな感じも受けなかった。

心配とか不安とか、重大とか深刻とか、そういった感情を持ちあわせていないみたいだ。青年は、この平凡きわまりない男が、どんな仕事をしているのか、知りたくてならなくなってきた。

「失礼ですが、少しお話し相手になっていただけませんか。雑誌は読んでしまったし、帰宅するにはまだ早いし……」

「かまいませんよ」

「どこかへ、おつとめなんですか」

「いえ、べつに、つとめてはおりません」

「いいご身分ですね」

「そんなこともありませんよ」

と男は答えた。たしかに、金に不自由なく遊びまわっている人には見えなかった。といって、なにかの自由業でかせいでいるといった感じでもなかった。

「しかし、ご家族を養っていかなければならないでしょう」

「そんなものは、わたしにはないのです」

「そうでしたか」

うなずく青年に、男は言った。

「あなたは、わたしに興味をお持ちになったようですな。めったにないことだ。普通の人だったら、そんな気にならないはずなのに」

「そこなんですよ。こう申してはなんですけど、あなたみたいなかたと、つきあったことがないんです。だから、お話をしてみたくなったのです」

と青年は正直に言った。

「わたしが立って歩きはじめたら、あとをつけたくなるでしょうな」

男は笑いもせず、表情らしいものはなにも示さなかった。それらからの推察はできない。だからといって、なぞめいた人物という感じにもならない。空気を相手にしているようだった。

「まあね……」

と青年。この男は、ぜんぜん苦労せずに育ってきたのかもしれない。親のせわを受けつづけといった形で。さらに質問してみる。

「ご両親は……」

「いません」

「それはそれは。おなくなりになられて、どれくらいになりますか」

「もともと、いないのです」

「まさか」

「いえ、本当です。うそをついてみたって、しようがないでしょう」

ごまかしとか冗談の表情もなかった。となると、孤児だったのだろうか。しかし、そんなさびしげなようすもない。両親のないのを残念がるような口調ではなかった。青年は名刺を出して、言った。

「ぼくはこういう者です」

男はそれを受け取って言った。

「そうですか。会社づとめは、いろいろと大変なのでしょうね。わたしは名刺がないので、申しわけありませんが、さしあげることができません」

つとめていないとか言っていた。名刺など、必要ないのだろう。青年は、ここであきらめる気になれなかった。

「失礼ですけど、お名前は……」

「適当な名前を作りあげて口にしてもいいのですけど、すぐには思いつきません。じつは、それがないのです」

「名前がないなんて……」

「本当なのです。あるのでしたら、申し上げますよ」

「いったい、いままで、どんな人生を送ってこられたのですか」

「それも、ないんですよ」

「ないっていうと……」

「あなたにとっては、ふしぎでしょうが、実際になにもないんですから、しようがありません。あたりさわりのない話を作っておけばよかったんでしょうが、そういう才能もないんです。これまで、そんな質問をされたことがなかったのでね。わたしに関心を持ち、話しかけてくる人がいるなど、いままで思ってもみませんでした」

わけがわからなくなる一方だった。青年は考え、ひとつの結論を出した。

「すると、記憶喪失にでもなられたというわけですか」

「そうでもありません。記憶喪失だったら、なんとか自分を取り戻そうと、あれこれ努力をするでしょう」

「となると、過去に関することは、心のなかになにもない……」

「そうです」

「それで、よく平気でいられますね」

「そういうものだと思っていますから」

「信じられない。こんなことって、あるんですか。お話をうかがっていると、あなたが人間の抜けがらのように思えてきました」

「面白い形容をなさいましたね。しかし、ちょっとちがいます。やがて、おわかりいただけましょう」

青年は首をかしげながら言った。

「そういえば、さっき、ここでだれかを待っているとかおっしゃいましたね」

「ええ。正確には、この近くで、です」

「過去のことは、ご自分でもなんにもわからない。それなのに、予定や予感のようなものはお持ちだ。おかしなことですね。過去がなくて、未来がはっきりしているなんて」

「しかし、現実にそうなんですから、仕方ありません」

時間がたち、あたりはしだいに暗くなってきたが、青年は帰る気になれなかった。まったく、世の中には妙な人がいる。ただの平凡な男かと思ったら、えたいのしれないやつだった。この男、なにをしようとしているのだろう。なにかが、まもなく起るらしいのだ。

「これからあなたのなさることを、見ててもいいですか」

「いやだといっても、あなたはきっと、あとをつけてきて、そうなさるでしょう」

男はさっきと同じような答えをし、青年は心のなかを見とおされたような気分になった。

「過去の記憶がないかわりに、予知能力をお持ちのようですね」

「能力というわけではないのです。なんとなく、その時間にその場所へ行かなくてはならないような気になるのです。これ以上、どう説明したものかわかりません」

「じゃあ、拝見することで、なっとくする以外にありませんね」

こうなったら、現実にこの目でたしかめてみよう。だれかがやってきて、この男を催眠術からといて、なにもかも終り、そんな程度のことなのかもしれないが、ここで別れてしまったら、もやもやが残って、あとでそれを持てあますことになるにきまっている。

公園の照明が輝きをまし、夜となった。

「そろそろ行かなくては……」

とつぶやいて男は立ち上り、歩きはじめた。青年もそのあとについて公園を出る。住宅地のなかの道をしばらくたどると、線路と交差した場所へ来た。すなわち踏切りで、男はそこで足をとめた。青年は話しかける。

「渡っても大丈夫ですよ。線路がカーブしていて見とおしの悪いところですが、電車が来たら赤ランプがつき、鐘が鳴り、遮断機(しゃだんき)がおりますから」

「いえ、わたしは、ここで待つのです」

「だれを……」

それには答えなかった。男は立ったままだった。いったい、なにを待つのだろう。やがて赤ランプと鐘で、電車が通過するという注意信号がはじまった。

その時、道を急ぎ足でやってきたカバンを持った中年の男が、遮断機をくぐって線路を通り抜けようとした。しかし、かなりのスピードで、電車がそこにあらわれた。中年の男ははねとばされ、地面に倒れた。

「あ……」

青年は思わずかけより、抱きかかえて道路まで運び、そこへ横たえた。ぐったりとして、かすかに息をついている。青年は通過した電車のほうを見て言った。

「……あの電車め。こんなことをして止りもしない」

するとそばの男が言った。

「むりもありませんよ。運転していた人も、まさか、とつぜん走り出て来るなどとは、予想もしていなかったでしょう。それに、あの角度じゃ、目に入りませんよ」

「とにかく、救急車を呼ばなくては」

「むだでしょうよ。かなりやられています。手当てをしても、助かりません」

男は、断定するように言った。どうやら、こうなることを知っていたようだ。やはり、予知能力なのだろうか。だったら、とめてあげればよかったのに。青年は聞いた。

「この人、自殺したんでしょうか」

「ちがいます。早く帰りたかったので、こんな目に会ったのです。家では妻子が待っているのです」

言うことがはっきりしている。自身のこととなると、まるでとらえどころがなかったのに。

「本人の不注意とはいえ、気の毒に……」

つぶやく青年に、男は言った。

「そう同情することはありません。そのために、わたしがここに来たのです。しばらく、だまっていて下さい。精神を集中しなければならないのです」

なにがどうなるのかわからないまま、青年は言われた通りに、そばに立っていた。やがて、男は言った。

「どうです」

「どうって……」

「わたしの顔を、ごらん下さい」

「な、なんということ……」

青年は声をあげた。街灯の光でよく見ると、いま電車にはねられた中年の男の顔に、かなり似たものになっていた。

「……すると、その人は……」

「まもなく、息をひきとるでしょう。もう少し精神の集中をつづけます……」

男は、ふたたび身をかがめた。人の死に立ち会うのはあまりいい気分でなく、といって立ち去ることもできず、青年は目をそむけていた。そのうち、男が言った。

「……とうとうご臨終です。さあ、いよいよ、わたしの出番というわけです」

「なにがどうなっているのか、わけがわかりません。これから、どうしようというのです」

「わたしは家へ帰るんですよ」

「家って、どこの……」

「妻子の待っている家にです。早く帰らなければ。わたしはきょう、会社で昇進のことを知らされたのです。そのことで喜ばせてやるんです」

そう話す男の顔は、電車にはねられた中年の男そっくりになっていた。服装まで同じ。とりかえてしまったのだろうか。

「しかし、死んだ人をそのままにしては……」

青年は指さそうと下を見て、あっと息をのんだ。あるはずの死体が消えていたのだ。見まわしたが、あたりには見あたらない。

「……こんなことが……」

「つまり、ごらんになった通りなのですよ。わたしの役目は」

「もう少し、わかるように話して下さいませんか」

「あなたもさっき口にしましたが、いま事故にあった人は、あまりにもかわいそうです。昇進したという夜にああなってしまうなんて。死んでも死にきれないでしょう」

「ええ」

「そこで、わたしがあとをひきつぐ。なにもかも、うまくゆくではありませんか。電車の運転士だって、他人の不注意での、いやな気分を味わわなくてすむというわけです」

男はカバンを持ち、歩きはじめた。行くべき家は知っているようだ。さっきの精神の集中で、なにもかも頭のなかへ入れてしまったのだろう。青年は少しはなれて、あとをつけた。男は一軒の家へ入って、声をかける。

「いま帰ったよ」

「あなた、お帰りなさい」

つづいて子供の声がする。

「パパ、おそかったのね」

「ああ。しかし、いいお話があるんだよ」

楽しげな家族間の会話がはじまっていた。それを聞いていて、青年は異様な気分になった。公園で会った時にはまるで特徴のなかった男が、いまや、事故にあった中年の男になりきってしまったのだ。信じられない話だが、この目で見たのだ。みとめざるをえない。つづいてその家に入るわけにもいかず、青年は帰宅した。

五日ほどたち、青年は踏切りで待っていて、帰宅しようとあらわれた男をつかまえ、話しかけた。

「もしもし、ぼくをおぼえていますか」

「ええと、そういえば、このあいだお会いしたような気がしますね」

「そのご、うまくいっているんですか」

「ああ、あのことですか。九十パーセントぐらい適応しましたよ。ほとんど当人になりきっているんですが、周囲の人たちとの微妙な調整という問題が残っているんでね。少し時間がかかるんです。しかし、まもなく百パーセントになるでしょう」

「だれかに怪しまれましたか」

「だれにも。うまくゆくようになっているんです。これで、わたしもやっと、人生と生きがいにありつけました。そりゃあ、会社でいやなこともありますが、なにもないよりはいいというものです」

男は笑い、青年はうなずいた。

「でしょうね」

また五日ほどして、青年は男を待ちうけた。あの時には頭が混乱していたが、気分が落ち着いてくると、いろいろと質問したいことがでてきたのだ。

「ちょっとうかがいますが、あなたは宇宙人かなにかですか」

青年に話しかけられ、男は顔をしかめて言った。

「とつぜん、妙なことを言わないで下さい。だいたい、わたしはあなたを知らない」

「しかし、このあいだ公園で会ったじゃありませんか。そのあと、ここの踏切りで……」

「公園は近くですから、時どきは出かけます。すれちがったかも、しれません。また、この踏切りは、いつも通ります。だから、なんだというのです。あなたに見おぼえはない。わたしは、ちゃんとした会社につとめている。このあいだ、昇進したばかりだ。責任のある地位なんですよ。家族もあるんです。宇宙人だなんて、子供みたいな話はよして下さい。困ります」

まじめな口調だった。青年をぜんぜん知らないらしかった。きっと、百パーセント本人になりきってしまったのだろう。こうなっては、どうしようもない。

男の出勤中にあいつの家を訪れ、夫人に聞いてみるか。しかし、なんと言えばいいのだ。あなたのご主人は事故死して、いまの人は別人だと告げるのか。信じてくれるわけがない。すでに百パーセント本人になってしまっているのだ。なんとかして、かりに説得できたとしても、なにもいいことはない。妻子をいやな気分にさせるだけのことだ。それに、あいつだって現在の立場に満足し、喜んでいるのだ。

あれは宇宙人なのだろうか。それとも、霊魂か妖精のたぐいなのだろうか。未知の現象としか、いいようがない。しかし、いずれにせよ、悪い結果をもたらしているのではない。

それから青年は、他人を注意して眺めるようになった。時たま、地味で、なんの特徴もなく、平凡きわまる人をみかける。目をそらせたとたん、印象が消えてしまうような人だ。

そのたびに思う。たぶん、いつかの人と同じような役目を持って存在しているのだろうと。そして、だれかのあとを引きつぐのだ。なにによって、どこから派遣された要員なのか知りようがないが、あの連中のおかげで、世の中の不幸がこの程度でおさまっているのだろう。常識で考えてみれば、普通だったら、もっともっと悲惨なものであるべきなのかもしれない。

消えた大金

小企業でもなく、といって大企業でもない。その青年は、そんな程度の会社につとめていた。しかし、社の景気は悪くなかった。給料はほかとくらべて、かなりいいほうだろう。彼の仕事は、営業関係だった。得意先をまわって契約をまとめるのだが、性格がむいているのか、楽しく働き、成績をあげていた。

しかし、いまの彼は青ざめていた。とんでもないことに、なってしまったのだ。ある店から商品代として受け取った現金、それを、なくしてしまったのだった。青年の給料の、約十年分に相当する。かなりの額といえた。

会社へ戻る途中、公園のベンチでひと休みしたのがいけなかった。それにしても、どう考えても、わけがわからない。なにしろ、大金を持っていたのだ。わざわざ人のいないベンチを選んで、腰をかけた。商談成立、品物の納入、そして、代金を受け取る。これで一段落。そんな心のすきがあったのだろうか。

いやいや、あるわけがない。社に持ち帰って経理部に渡し、そこではじめてひと息つけるのだ。まだ緊張していなければならないはずだったし、いままでも、そう注意してきた。それなのに、ことは起ってしまったのだ。

ベンチにかけたとたん、なぜか、ふっと気が抜けた。うまく形容できないが、感情の空白、そんなものに包まれたようになり、意識がすっと去っていった。

そして、気がついてみると、大金を入れたカバンがなくなっていたのだ。いつなくなったのかさえ、思い出せない。

「泥棒……」

と反射的に叫びかけたが、だれをめがけて言ったものか、見当がつかなかった。あたりを散歩している何人かが目に入ったが、問題のカバンを持っている人はいなかった。青年は、少しはなれてベンチにかけている老人のところへ行って、話しかけた。

「わたしは、あのベンチにすわってうとうとし、カバンをなくしてしまいました。なにかお気づきになりませんでしたか」

「さあ、わたしはたったいま、ここに来たのでして……」

たよりない返事だった。まったく、ふしぎでならない。暗くなってからならいざしらず、まだ明るい。そんななかで、他人のカバンをかっぱらうなんて。どうやって、それをやってのけたのだろう。銀行からの帰りではない。大金が入っているなんて、だれにもわからないはずだ。

親しげに話しかけ、ごくろうさまといったように持ち去れば、他人の目には怪しまれないともいえる。しかし、そうされたら、そのとたんにカバンをにぎりしめただろう。また、そうされたおぼえもない。

喫茶店で休めばよかった。そういえば、さっき出ていったお客さんがと、盗んだやつの人相の手がかりがつかめたろう。しかし、公園のベンチでは、警察に届けようにも説明のしようがない。手配をしようにも、警察としては手の打ちようがない。

いずれにせよ、金はなくなってしまったのだ。原因は自分の不注意だ。どう責任をとったものだろう。自殺という言葉が頭をかすめたが、死んでどうなるものでもないと、すぐ思いかえした。こんなキツネにつままれたような形でては、死ぬに死ねない。退職金なしで社をやめるか、半分の給料で当分のあいだ働くか、まあ、そんなところになるんだろうな。

青年は力ない足どりで社に戻り、すぐ上役の席に行って報告した。

「じつは、とんでもないことになってしまいまして……」

「そういえば、青い顔をしているな。なにが起ったのだ」

「取引先から受け取ったお金を、帰る途中でなくしてしまったのです。公園のベンチで休んだのが、いけなかったのです。わけがわからないうちに、なくなってしまいました。いったい、どうしてとられたのか……」

「ひとつ、むこうで、くわしく話を聞こう……」

上役は青年とともに別室に入った。

「こんなぐあいだったのです……」

　青年は、ありのままを、思い出せる限り話した。ちゃんとした説明になっていず、自分でも、もどかしかった。そして、最後にこうつけ加えた。

「……しかし、これだけは信じて下さい。本当になくなったんです。わたしが使い込んだのではありません。いまの収入に満足していますし、とくに金に困ってもいないんですから」

　上役はうなずいた。

「わかっているよ。きみは、狂言でそんなことのできる人間ではない。狂言だったら、もっと、もっともらしい話を作り上げるだろう。真昼の公園でなくなったなんて、芸がなさすぎるじゃないか」

「そのお言葉で、ほっといたしました。その点だけが、気になってならなかったのです。しかし、わたしは現実に大金をなくしてしまいました。どんなつぐないでも、いたします。どうしたらいいでしょう」

　と青年は聞いた。もとはといえば、自分の不注意なのだ。どんな条件を出されても、仕方がない。上役は、使い込みでも狂言でもないことをみとめてくれた。それだけでも、ありがたいと思わなければならない。それに対し、上役は予想もしなかった返事をした。

「そう気にすることは、ないよ。なくなってしまったものは、どうしようもない。さわいでみたところで、戻ってくるものでもない。きょうのことは忘れて、いままで通り働いてくれ」

「しかし、会社に損害を与えてしまいました。わたしの責任です。このままでは気がとがめます」

「いいんだよ。きみの話に、うそはないようだ。となると、これは一種の災難さ。地震にあったようなもので、だれの責任でもない。重役に報告して、社内で処理する。もちろん、きみの立場が悪くなるようなことはない。心配することは、なにもないんだ」

ひと安心とはいうものの、青年は妙な気分だった。まだ事態が信じられない。

「本当に、これでこの件は終りなんですか」

「そういうわけだ」

「ありがたいことですが、まだ、なっとくできません。あんな大金をなくしたというのに。もし、これがよその会社だったら……」

「よその会社だったら、まあ、重大問題になるだろうな。しかし、よその会社では、こういう事件は起らないのだ」

「ますます、わけがわからなくなってきました。なにか、事情がありそうですね。よく説明していただけませんか」

青年の質問は、当然だった。

「いいとも。このままでは、きみも、もやもやが残るだろう。だれかれかまわず話したくなる。そうなっては困るのだ。それには、わけを知っていてもらったほうがいい」

「いったい、どうなっているんです」

と青年はうながし、上役はおもむろに話しはじめた。

「それには、まず昔話をしなければならない。近代社会になる、はるか以前のことだ。あるところに三人の悪人がいて、街道の宿場を舞台に、よからぬことをしつづけた。女と、その亭主、それに女の兄の三人組だ」

「どんな悪事をしたのです」

「女が旅人に、さりげなく話しかける。この先に、あまり有名ではないが、霊験あらたかな神社があります、おまいりして願いのかなった人は、数えきれませんとね」

「たいていの人は、寄ってみようという気になるでしょうね」

「ああ。そこで女に案内されるまま、細い道を山のほうへと歩いてゆく。すると、そこに二人の男が待ちかまえているのだ。つまり、刀でばっさりやってしまう。そして、所持金を奪ってしまう。老若男女、みさかいなしにだ。強そうな武士などねらわないから、失敗することはない。そして、人びとが怪しみだしたら、べつな宿場へ移って、また同じことをやる」

「ひどいものですね。普通の凶悪とは、けたがちがう。人の命を虫けらあつかいしている。むちゃくちゃですね」

「そうやって金をため、それをもとでに三人は商売をはじめた。善人をよそおってね。それは、けっこううまくいった。まもなく、何人も使用人をおくようになった」

　それを聞き、青年はため息をついた。

「なんという、悪運の強いやつらでしょう。そのままですんだら、まさに神も仏もない世の中だ」

「その通りだ。彼らの悪運も、そのあたりまでだった。といって、発覚したのではない。原因不明の熱病にかかり、つぎつぎに死んでいった。あとをつぐ子の生れることもなく」

「そうでしょうね。そうでなくては、なりませんよ。天寿をまっとうし、子々孫々にまで繁栄したりしたら、まるで救いがありませんもの」

　うなずく青年を制して、上役はつづけた。

「しかし、話はそこで終りじゃないんだ。まだ、つづきがある。やつらのはじめた商売だが、けっこう繁盛していたのだ。あのまま店じまいさせてはもったいないと、手を貸す人があらわれ、つづけられた。使用人たちは失職しなくてすみ、その店のあることで便宜を受けていた人たちも、満足した。そんなわけで、三人の死後も少しずつ発展していった」

「むかしは、そんなことも、あったかもしれませんね。しかし、なんでそんな妙なお話を……」

「その店は時代とともにさらに大きくなり、今日に及んでいる。つまり、この会社だ」

「なんですって、まさか……」

青年は大声をあげた。

「いい感じじゃないだろうが、事実そうなのだから仕方ない。いまさら、さわいでみてもしようがないのだ」

「そうかもしれませんね。しかし、そんなことが、きょうの一件と、どう関連しているのです」

青年に聞かれ、上役はひと息ついて、その先をつづけた。

「話をまた昔に戻すよ。その悪人たちが死んだあとの、店のことだ。商売は順調で、利益はあがるのだが、毎年なにかふしぎなことが起って、利益のうちのいくらかが消えてしまう。たとえば、こんなふうに。だれもとびらをあけないのに、ある夜、土蔵のなかから、まとまった金が消えてしまったりした。あとで、そういえば青白い影が土蔵のあたりでゆれているのを見た、などと言う人があらわれたりして」

「なんだか、うすきみ悪い話ですね」

「また、こんなこともあった。金を土蔵にしまおうとして運んでいる時、番頭が足をすべらせて、そばの小さな池のなかにぶちまけてしまった。かなりの金額でもあり、みなで池の水をかい出してみた」

「しかし、金は出てこなかった……」

「そうなんだよ。毎年そんなことが起るので、店の主人も不審に思い、気にしていた。そのうち、土蔵の奥の箱のなかから、悪事のかずかずを記した日記が発見され、ああ、そのせいだったかと知ったのだ。だまされて殺された人たちの、うらみのせいにちがいないとね」

「いちおう、そう考えるでしょうね」

「神主や坊さんにたのんで、おはらいをしてもらったが、そのような異変は、毎年きまって起る。年に一回ということもあれば、金額はへるが二回ということもある。つまり、利益のうちの何分の一かが、きまって消えてしまうのだ。店の主人はどうしようかと考えたが、商売をつづけることにした。ようすを見るに、問題はそれだけで、店で働いている者が不幸にみまわれることはない。業績も順調で、やりがいがあるのだ。きっと消えた金は、殺された人たちの子孫のために、どこかで役立っているのだろう。それならいいのだと思ってね」

「そんな理屈もつけられますね」

「年月がたち、その店は近代的な会社組織になり、増資がなされたり、株主に変動があったり、経営者が入れ替ったりした。最初の悪人につながる関係者はひとりもいなくなった。しかし、たたりだけは、ずっとつづいている……」

上役は、わかったかねというように青年の顔をみつめた。

「すると、わたしが公園で大金の入ったカバンをなくしたのも……」

「そうなのだ。盗まれたのじゃなく、消えたのだよ。きみがいかに注意していても、だめだったろう。公園で休まなかったら、ほかの場所で消えたにちがいない。かりに、きみが超人的な意志の持ち主で、なんとかたたりを防いだとする。その時は、ほかの社員が、べつな形でわけもわからず金をなくすことになるわけだ。会社としては、同じことなのだよ。だから、わたしがこの件を上に報告しても、ああ、ことしの分かと、だれもきみの責任を追及しようとしない」

「そうだったのですか。しかし、困ったことですね。創業以来、ずいぶんになるわけでしょう。悪人たちが奪った金額ぐらいは、返済した形になっているんじゃないでしょうか。これがいつまでもつづくのかと思うと、うんざりしますね」

「金を非道な手段で奪ったという行為は、永久に消えないのだろうな。わたしも、このへんで終ってくれたらと、ずっと思いつづけだよ。しかし、そうはならない。げんに、きょう、きみがああなった。死者たちのうらみは、まだつづいているのだ。あの消えた金は、なんらかの形で、被害者たちの子孫のために役立つというわけなんだろうな」

上役はすっかり事態に順応しているが、青年は不満を押えられなかった。

「わが社は、そんな、のろわれた会社だったのですか。よく平気でつとめていられますね。それに、利益がみすみす消えてゆくのを、どうしようもできず……」

「だが、そこは考えようさ。その一面、つぶれるってことも決してないのだ。記録に残る限りの収支決算を調べてみたが、赤字になったことがない。不景気の時代が何回もあったが、わが社だけは、そんな時も黒字なのだ。だから、見方によっては悪くないことだぜ、これは。

どうやら、殺された人たちののろいは、わが社を世の終りまでつぶさせないらしい」

「そして、子孫たちを助け、先祖の供養をやらせようというわけなんですね」

「そんなところだろうな」

「このことは、社員たち、みな知っているのですか」

「いや。なにもわざわざ知らせて、いやな気分にさせたり、外部にもれて評判になってもつまらないからな。また、それをいいことに、使いこみの狂言をやるのが出ても困るしね。しかし、役づきの連中はみんな知っている。そうでないと、きみのきょうのような事件の報告を受けた時に、あわてるからな」

青年は、思いついて聞いた。

「去年はどんなふうだったんです」

「会社に電話がかかってきたのだ。ある団体に寄付しろ、さもないと、なにもかもばらして、会社の評判を落してやると。その団体というのは、社会福祉のための、ちゃんとしたものなのだ。会議が開かれ、たぶん被害者の子孫がそこの世話になっているのだろうと、あっさりきまった。なにしろ、毎年のことなんでね。その電話の声は、この世のものとは思えないような感じだったそうだ。そして、二度とかかってこなかった」

「その前の年は、どうだったんです」

「地方の支店へ送金しようとしたが、むこうへとどかない。銀行送金なのだが、コンピューターの調子がおかしく、途中でどこかへ消えてしまった。徹底的に調べてもらったが、故障は発見できなかった」

「しかし、銀行の発行した書類はもらったんでしょう」

「ああ。しかし、その、もらった社員が、あとは大丈夫と気がゆるんだのか、なくしてしまったのだ。きょうの、きみのようにな。窓口の人は金を受け取ったような気がすると言うが、コンピューターにはなんの記録も残っていない。銀行側も同情してくれたが、あまりことが大きくなってはと、当方の手ちがいのようですとわが社がもう一回送金して、片づけてしまった。わが社にとっては、ふしぎきわまる事件ではないのだ」

「その前の年は……」

「ええと、どうだったかな。社長のところへ来客があって、金を渡してくれと言った。社長はなぜか渡さなくてはならない気分になり、そうしてしまった。しかし、受付も秘書も、その客の姿を見ていない。たまたま専務が社長室にいて、金庫から金を出すのを手伝った。だから、社長の横領ではないのだ。それなのに、社長も専務も、その客の人相を思い出せないんだからなあ。変な話さ。ほかの会社だったら、大さわぎだろうな」

「わかってきましたよ。そういうことだったんですか、わが社は……」

青年はその日の帰り、バーへ寄って、ひとり酒を飲んだ。そうでもしなければいられなかったのだ。いくら飲んでも酔わなかった。帰って眠ったら、わけのわからない夢を見た。

しかし、何日かすると、なんということもない気分になった。ここはそういう会社なのだ。利益のうちのいくらかを、毎年ささげ物としなければならないのだし、そうしている限り、つぶれることはない。

それなら少し手を抜いても、との考えが頭をかすめたが、現実にそうする気にはならなかった。仕事がつぎつぎにあらわれ、やらざるをえなくなる。亡霊たちがそうしむけているのかもしれなかった。

やがて株主総会となり、社長が交代した。金融機関の意向で送り込まれたのだ。新しい社長は幹部たちを集めてこう言った。

「わたしは、なりたくて就任したのではない。見るに見かねて、社長になったのだ。みなよく働くし、業績もいい。それなのに、つまらない損失を毎年のように出している。これを防ぎ、さらによい会社にしたいのだ。いちおう事情は聞いたが、あまりにばかげている。そんなことを信じているから、気のゆるみも出てくるのだろう。そういう傾向を一掃したいのだ。つまらぬ寄付など、することはない。わたしがことわってやる」

その方針をつらぬくつもりらしかった。過去の事件の資料をもとに、多額の現金を動かす時には、ガードマン会社に協力をたのんだ。そして、それは効果をあげた。のろわれているのはこの会社であり、ガードマン会社はそうでないのだ。

しかし、異変はやはり起った。倉庫から高価な商品が大量に消えたのだ。調査の結果によると、どこへ出荷したのか不明だが、伝票に社長のサインのあることがあきらかになった。社長はそんな記憶はないと言うが、サインはたしかに本物だった。

みなは「また、あれが」という感想だったが、社長はそう判断しなかった。商品紛失の損害は自分で埋めた。そして、二度と失敗しないようにと、個人で秘書をやとい、サインを記録させるようにした。正式の社員でないから、あやしげな力もそこまでは及ばないだろうと思ってだ。

さらに念には念を入れた。倉庫をはじめ、いたるところに防犯装置をとりつけた。また、盗難や火災をはじめ、各種の保険に加入した。まさに万全だった。金も商品も消えることはないだろう。たとえ万一そうなっても、保険で補償され、会社の損失は発生しないですむ。

はたしてうまくゆくのだろうか。青年をはじめ、これまでの事情を知る社員たちは、関心を持って見まもった。そして、対策の万全さを知るにつれ、不安感にとらわれた。ささげものが出せなくなると、この会社はつぶれてしまうのでは……。

青年が廊下を歩いていると、トイレのなかから苦しげな声が聞えてきた。

「やめてくれ。助けてくれ」

社長の声だった。青年はかけこんだ。しかし、そこでもがいているのは社長だけで、ほかにはだれもいないのだった。

あいつが来る

その青年は帰宅の途中、自宅の近所の小さな病院に寄った。べつに病気ではない。時たま栄養剤の注射をしてもらうのが、習慣となっているのだ。

「先生、このごろ、なにか変った患者は来ませんか」

彼は新聞記者なので、雑談の話題もついそんなふうになってしまう。医者は机の上のカルテをめくりながら答えた。

「そうですなあ。そうそう、あなたの次の患者さん。あれはちょっと変っていますよ。あんなの、ここではじめてです。いちおう手当はつづけているんですが」

「すると、あの女の人……」

「いや、ちがいます。それは奥さんです。亭主につきそって来ているのです」

「新しい現代病かなんかですか。社会問題になるようなものだと、面白いんですが」

「なんともいえませんな。生命にかかわるものではありません。時間をかければよくなるかもしれないので、時どき来るように言ってあるのです」

「で、具体的にどう変っているのですか」

「医師としての立場上、わたしの口から患者のことはお話しできません。あなた、ご自身で聞いてみたらいかがです」

「そうしましょう」

青年は待合室で時間をつぶし、その夫妻が診察室から出てくるのを待って話しかけた。

「かぜがはやっているようですね」

「そのようですね。しかし、かぜ程度の病気だったら気楽なんですけど」

「ぐあいは、いかがなんです」

「それが、はかばかしくないんですの。あたしじゃないんですよ。主人のほうです。まさか、こんな変なことになってしまうなんて……」

奥さんは、話し好きの性格らしかった。いや、だれかに訴えたいといったようすだった。うまいぐあいだと青年は思い、その亭主にあいさつをした。

「どんなご病気なんですか」

すると、その三十歳ぐらいの男は、ぽつりと言った。

「あいつが来る」

「これは失礼しました。どなたかがいらっしゃるので、お忙しいのですね。では、またお会いした時にでも」

「あいつが来る」

またも男はつぶやいた。そばの奥さんが、青年に説明した。

「いえ、だれかが来るというのじゃないのです。これが病気なんですの。この言葉を、しょっちゅうつぶやくのです。こんなことになってしまうなんて……」

「どういうことなのか、おさしつかえなければ、くわしくお話し下さいませんか。わたしは新聞社につとめる者です」

青年が名刺を出すと、彼女はうなずいた。

「ぜひ聞いて下さい。うちはすぐ近くです。このごろはだれも自分のことに忙しく、ぐちをこぼそうにも、相手になってくれる人がいないのです。どうぞ……」

青年はさそわれ、その家に行った。彼女は話しはじめた。

「うちの主人はルポライターですの。いえ、そうだったと言うべきでしょうね。調べて記事を書いて、雑誌に売るんですの。数カ月ほど前のことですけど、とても面白い材料をみつけたと張り切り、二週間ほど家を留守にしました。そして、帰ってきたはいいんですけど、その期間の記憶をすべて失っており、さっきのことをつぶやくだけ……」

青年は男に聞いた。

「なんにも、おぼえていないんですか」

「あいつが来る」

「どなたが来るんですか」

「あいつが来る」

そうくりかえすだけだった。いまにもだれかが来るといった実感は、こもっていなかった。書いてある字を読むような口調。どんな意味があるのか、見当のつけようがなかった。それ以上は奥さんのほうに聞くほかない。

「ふしぎなことですね」

「こんなでは、ルポライターの仕事に戻れない。そこで、小さな企業につとめるようになり、生活のほうはなんとかなっているんですけど、キツネにつままれたようなお話でしょう」

「そうですね。なにが原因なんでしょう。新しい病気なんでしょうか。それとも……」

「なにか心当りでも……」

「べつにありません。こう申してはなんですが、興味をそそられます。よろしかったら、くわしく調べさせていただけませんか」

「あたしからお願いしたいくらいですわ。警察にとどけようかとも考えたんですけど、重傷をおったわけでなく、犯罪がからんでいるという証拠もない。そう熱心に扱ってくれそうにないと、あきらめていたとこですの」

「なにか、手がかりになるようなものは」

と青年が聞くと、彼女は手帳を持ってきて言った。

「これぐらいしかありませんわ。いつもはノートを何冊もカバンに入れて持ち歩いていたんですけど、それはなくしてしまったらしく、帰ってきた時には、これがポケットにあっただけ」

「じゃあ、それをお借りします」

新聞記者の青年は、それを持ち帰った。ページをめくってゆくと、人名や住所がいくつも書きとめられている部分があり、そのあとが空白となっていた。仕事関係の知人らしいのは、手帳の末尾のほうに書いてある。

これだ。どうやら、この一連の人たちが、なんらかの形で関連しているにちがいない。順番に訪れてみるとしよう。

青年は出かけた。最初のは二十歳ぐらいの女性だった。名刺を渡してあいさつをしたあと、青年はルポライターの名をあげて聞いた。

「この名前の人をご存知ですか」

「さあ……」

「ルポライターをしている人ですが」

「そうそう、思い出したわ。あたしの父の死について聞きにみえたかただわ」

「それはそれは。そんなご不幸があったとは存じませんでした。どんなご病気で……」

「病気なのかどうか、それがちょっと変な死に方だったのよ」

「どんなふうに……」

女はあまり話したくないようなようすだったが、青年は新聞記者でなれてもおり、それをしゃべらせることに成功した。

「父はね、仕事にひと区切りつき、まとまった金が入ったとかで、ヨーロッパ旅行をしてくるって出かけたの。団体旅行よ」

「そこで事故にでも……」

「そうじゃないの。むこうに着いてまもなく、変なことを口走るようになったんですって。いっしょに行った人の話だけど」

「どんな……」

「夜になると、寝ぼけてか、あいつが来る、って叫ぶんですって。毎晩だそうよ。あいつとはだれだって聞いても、それには答えない。ほかの人たち、持てあましたそうだわ。当然だわね」

「それからどうなったんです」

「そして、ある晩、ホテルの窓から飛びおりて死んでしまったの」

「その部屋には、ほかにだれかいたんですか」

「だれも。内側からカギがかかっていたそうよ」

「じゃあ、事故か自殺ってことになりますね。それ以外に考えようがない」

「でも、なぜ自殺したのか、原因がわからないわ。仕事がゆきづまっていたわけでもないし、旅行に出る前は一段落したって、むしろ楽しそうだったわ。といって、事故というのもおかしいし」

「そうですね」

「そのあいつに来られたんじゃないかしら。父のその声を聞いた人は、おびえたような感じがこもってたと言ってたわ。だけど、現実には、だれもいなかった。どうしたのかしら。旅行中の保険がついていたので、あたし、まとまったお金をもらえたし、なげいたって、いまさらどうにもならないんで、仕方なかったとあきらめてるけど、変な話ね。だれが来たのかしら」

「そんなことがあったとは知りませんでした。もっと調べてみます。わかったら、お知らせにまいりますよ」

青年はその女性と別れ、手帳に記入されている次の名前の人物のところへ行った。二十六、七歳の若者だった。さっそく質問する。

「新聞社の者です。変なことをうかがいますが、あいつが来る、という文句について、なにかご存知のことは……」

「あ、このあいだ来た人も、そのことをぼくに聞いていった」

「それをくわしくお聞きしたいのです」

「もう半年ぐらい前になるかな。ぼくは学生時代の友人と、海外旅行に出かけたんです。二人とも砂漠が見たかったんで、まず中近東へ出かけました。日本を出た時から、やつは少しおかしかったなあ」

「どんなぐあいにです」

「眠りながら、なにかつぶやくんです。そのうち、しだいに聞きとれるようになってきた。あいつが来る、って叫ぶんです。なんだか、いやに真に迫った声でね。そのおかげで、ぼくは何回も目をさまさせられましたよ」

「聞いてみましたか、だれが来るのか」

「もちろんですよ。しかし、教えてくれないんです。そのうち、警察に行くなんて言いはじめました。それは起きている時でしたがね。仕方がないので連れてゆくと、ここではない、日本の警察へ行くんだと言う。なにがなにやらわからない。病院へ連れていって、鎮静剤をもらってきて飲ませましたが、ききめがない。あい変らず、眠るとうなされて、あいつが来る、って叫ぶんです。こっちは、たまったものじゃありませんでしたよ。思い出しても、うすきみ悪い……」

「で、それから、どうなったんです」

「ぼくが目をはなしたすきに、砂漠のなかへ歩いて行ってしまったんです。自分で死にに行ったようなものだ。まもなく、死体となって発見されたのですよ。あいつとかいうのに追われて、ああなったとしか考えられない。それにしても、いったい、あいつって、だれなんだろう」
ルポライターの手帳に書かれている人を訪れると、どこでもそんな話を聞かされた。なかには旅行業者関係の人もあり、商売への影響を考えて話したがらない人もあったが、あなたの名は出さないからと言うと、聞き出すことができた。妙に心にひっかかって忘れられない事件なので、当人も内心は話したくてならないのだろう。

夜になって眠ると「あいつが来る」と声をあげる人物についてなのだ。それは男が多かったが、女性もいないわけではなかった。毎晩のように叫び、目つきや動作がおかしくなり、最後にはなんらかの形で死を選んでしまうのだ。

新聞記者の青年は、そんな話を聞きまわりながら、あのルポライターの働きに感心した。よくも、ここまで調べあげたものだ。似たような仕事なので、その苦心を察することができた。こんなことが起っているなんて、まるで知らなかった。どのマスコミも報道していない。なんとかまとめて、発表したかったにちがいない。それが、なぜ、ああなってしまったのだろう。

青年は話を聞いてまわる一方、死んだ人たちの職業や経歴についても調べてみた。なにか共通した点があれば、なぞをとく手がかりになるはずだ。

しかし、収穫はなかった。会社の経営者もあり、大学の教授もあり、公務員もあった。そうかと思えば、水商売の女もあり、犯罪組織の一員のたぐいもいた。それぞれに関連しているものは、なにもない。共通の知人らしきものも浮び上ってこない。その「あいつが来る」とは、だれのことだろう。早く知りたい。このままでは上の者に話しようがない。

青年は順序をとばし、手帳に記入されている名前の、最後の人を訪問してみることにした。そこはあるビルのなかの事務室で、入ってゆくと、五十歳ぐらいの男がいた。なにを職業としているのかは、会っただけでは見当がつかなかった。青年は自己紹介をしてから言った。

「はじめてお目にかかります。じつは、ちょっとうかがいたいことが……」

「なんでしょう」

「あいつが来る、という言葉をお聞きになって、なにか思い当ることはございませんか」

「ないこともありません。しかし、あまり話したくありませんな」

「やはり、そうでしたか。お話しになりたくない気持は、よくわかりますよ。なにしろ、楽しいことではありませんからね。しかし、これは大変な事件なんです。ぜひ、お聞きしたいのです」

「そんなに大事件なんですか」

「そうなのです。海外へ出かけた人が、十何人も死んでいるのですよ。かなりの人数です」

「海外旅行をする人は、それこそ大変な人数でしょう。そのなかの十何人じゃ、どうってこともないんじゃないでしょうか」

「それが、普通の死に方じゃないんです。あいつが来る、って眠りながら叫び、やがて、自殺といっていい死に方をしているのです。あまりにも、ふしぎです」

「あなたは、だいぶお調べになり、強い関心をお持ちのようだ。わたしも、もっと知りたくなってきた。くわしいお話をいたしましょう。まあ、お茶でも飲みながら」

相手は立って、自分でお茶をいれて持ってきてすすめ、青年はそれを飲みながら、ルポライターのこと、その手帳に書かれている人たちをたずね歩いていることなどを話した。

「というわけです。怪奇的です。話を聞いているうちに、ぞっとする気分になったことも何回かありましたよ」

しかし、相手はさほど驚きもしなかった。顔をしかめたりもせず、こう言った。

「効果てきめんですな。この話は、くりかえして聞いても、そのたびに楽しくなる」

「なんですって。あなたは、その事情を知ってるような口ぶりだ。教えて下さい。どういうことなんです」

「あれは、わたしの作った薬の作用なのだ。できうる限り広い範囲の人に飲ませたいのだが、そうはいかない。で、パスポートの紙にしみ込ませることにした。気圧の下ったあと、ひらくと気化したのを吸いこむ。つまり、外国の空港で入国手続きの時に、効果を示しはじめる」

それを聞いて、青年は思わず声を高めた。

「あなたが作って、使った……」

「そうです」

「あの、狂い死にをさせる薬をですよ。眠りかけたところを、なにかの幻覚でおびえさせ、死に追いやる……」

「ああ」

「なんということを。あなたは、悪魔のような人だ」

青年はいきどおり、立とうとした。しかし、からだが動かない。

「だめだよ、ひとあばれしようとしても。さっきのお茶に、しびれ薬をまぜておいたのだ」

「いったい、なぜ、あんな恐ろしい薬を作ったのです。人が狂い、苦しみ、死んで行くのを知って、楽しいんですか」

「とんでもない。できうれば、ああなってもらいたくない」

「しかし、げんに、そうなっているじゃありませんか」

「そこだよ、問題は。いいかね、あれで死んだやつらは、みな人殺しなのだ。あいつが来る、のあいつとは、やつらに殺された人の幻影さ。つまり、わたしは、死者の霊魂の力を増幅するお手伝いをしているというわけだ」

「信じられない。霊魂の力を増幅するなんてことが、できるんですか」

「わかりやすく、そう形容したまでのことさ。いいかね。殺人の体験、その記憶というものは、簡単に消えない。発覚せずにすみ、他人に話さなくても、当人の頭のなかには残っている。また、だれにも良心というものがある。この二つを結びつけるというべきか、罪悪感をめざめさせるというべきか、そういう作用だ。自白剤を少し発展させたものだ。自白剤には問いつめる人間が必要だが、これは当人が当人自身を問いつめる。その結果、殺した人の幻影が見えるようになってくる。罪をつぐないたくなる……」

「そうだったのですか。しかし、自殺にまで追いこむことはないでしょう。なかには、やむをえない事情で殺したという場合だってある。自首をさせ、裁判によって、それなりの刑を受けさせるべきだ」

「ごもっともな主張。本来なら、そうしたいところだ。国内の警察に自首してくれれば、その段階で幻影は消え、さっぱりするような作用になっている。しかしねえ、それができないのだよ」

「なぜ」

「人びとを片っぱしからつかまえて、薬を吸わせるわけにはいかないじゃないか。事情をあかせば、なおさらだ。悪人は巧妙に逃げ、なんら効果をあげえない。そうだろう」

「それはそうです」

「だから、やむをえず、海外旅行者だけということになる。しかし、それだけでもいいとすべきだろう。このあいだ来たルポライターのおかげで、わたしもこの薬がいくらか役に立っていることを知った。完全とまではいかないが、いちおう満足しているよ。つまり、自動かたきうち薬というわけさ。殺された人たちの霊も、浮ばれるというものだ。また死んだ犯人たちも、極悪人として処刑されるより、いいんじゃないかな。その遺族たちにとっては、汚名を受けつぐこともなく、保険金も入ることだし。すべて、いいことずくめだ。わたしも、なんともいえないいい気分だ」

相手は笑ったが、青年はまだなっとくできなかった。

「しかし、やはり一種の私的な処刑ですよ。あなたが殺しているんだ。いずれ幻影になやまされますよ」

「幻影を見ようにも、そいつらの顔を知らないんでね。また、自分にその注射をするわけがない。きみも、これだけわかれば気がすんだろう」

「こんな重大なことが進行していたとは。あなたは、わたしを新聞記者と知りながら、こんな話をした……」

「もっと知りたいだろうな。どこに研究所があり、どこで作られ、どんなふうにしてパスポートの紙にまぜられているか。しかし、そうはいかないよ。これは秘密におこなわなければならないんだ。あのルポライターには、記憶を失って帰ってもらった。彼はあれこれ調べ、よくここまでたどりついたものだよ。よっぽど記事にしたかったのだろうな。あいつが来る、という題名の文句だけは、いまだにつぶやきつづけとはね」

「わたしを、どうしようという気だ」

「まず、その手帳を取りあげる。同じように記憶を消すことにするかな。それとも、新しい薬の試験に使わせてもらうとするかな。さて、どんなのがいいだろう。このことに関して、きみが他人に話そうとすると、とたんに、出まかせにきまっているという印象を、必ず他人に与える口調になるなんて作用のものなんかは……」

味覚

その男は、くだらん男だった。なにひとつ世の役に立つことなく、これまでずっと生きてきたのだ。

ある夜。夢のなかに天使らしきものがあらわれて、彼に呼びかけた。

「あなたの体質を変えてあげる」

男は目ざめて、首をかしげた。妙な夢を見たものだ。天使のような印象を受けたが、そんなものの訪れてくるわけがない。彼は自分でも、くだらん男であることをみとめていた。

「わけがわからん。二日酔いのせいかな。そういえば、頭が少し痛いようだ」

ある欲求を感じた。彼はベッドから出て、そのへんをさがした。

「あった……」

それは、アスピリンの錠剤。それを口に入れたくてならないのだ。こんな気分になったのは、はじめてだった。それは食欲といっていいようなものだった。甘党の人が、お菓子を前にした時の感情そのもの。彼はそれをつまみあげ、舌の上にのせた。

「うまい」

思わず声が出る。こんなうまいものに、なぜいままで気がつかなかったのだろう。錠剤は口のなかでとけてゆく。すばらしい味が、じわっとひろがる。唾液がにじみ出てくる。それを舌の上でころがす。なんという、こころよさ。

快感は、それで終りはしなかった。男は水を飲む。とけたアスピリンは、のどをくすぐりながら胃へと流れこむ。やがて、それが血液へと移り、流れて頭部へと作用しはじめる。そういうことが、ずっと感覚としてわかるのだった。頭痛がおさまってゆく。

「なるほど。そうか。おれのからだは、これを必要としていたんだな」

男は、大きくうなずいた。それは彼の内心の、的確な表現だった。その次には、総合ビタミン剤を食べたくてならなくなった。びんから三粒ほど出して、口に入れる。これもまた、なんともいえない、いい味だった。糖衣の部分の甘さが少しじゃまだったが、彼の味覚は各種のビタミンの持つ、本来の微妙な味を感じとった。成分は消化器から吸収され、体内のおさまるべきところへと散ってゆく。彼は顔をほころばした。

「なるほど。おれはビタミン不足だったようだ。わかった。こういう体質に変ったというわけだな。ありがたい。悪くないことだし、からだの調子の崩れるのを、あらかじめ防げる。病気になることも、ないわけだ。なにしろ、便利この上なしだ」

こんなうまいものなら、もう少しビタミンを食べるとするか。頭ではそう考えたが、男はそれ以上は錠剤を口に入れなかった。なにか満腹感のようなものが出てきて、現在のところはこれぐらいでいいだろうというのが、正直な感想だった。

男は外出し、植物園へと出かけた。遊園地のなかにある、かなり大規模な植物園へだ。なんとなく、そこへ出かけたくなったのだ。入場料を払う。そして、大きな温室へ入る。なかでは、色あざやかな、さまざまな花が咲いている。男の口のなかには、しぜんに唾液がわいてくる。あそこにもある、ここにもある。どれが食べてうまいか、見ただけで彼にはわかるのだった。

ピンクの花はソフトな味がし、厚ぼったい葉っぱは、すがすがしい味がした。ほかの人が食べてそう感じるかどうかは、わからない。しかし、この男にはそうなのだった。

入場料は払ってあるのだ。食べてはいけないという立札もない。彼は、いろいろな花や葉を食べまわった。ある種のサボテンを、トゲをていねいに取り除いてかじった。また、なっている実をもいで、口に入れた。

どれがなんという植物なのか、彼は知らない。しかし、見ただけで、どれが自分にふさわしいかどうか見当がつく。そういう体質になっているのだ。そして、いずれもからだに吸収され、おさまるべきところに蓄積されたという満足感を与えてくれるのだった。おれのからだは、こういったものを必要としていたわけだな。彼はうなずく。

植物園を出る。からだじゅうに、力がみちあふれている。それが自分にもわかった。男の心は退屈をいやがり、行動を求めているようだった。それに命じられるかのように、彼は街を歩いた。

カバンを持った人物が目に入った。四十歳ぐらいの男。目に入ったというより、なんとなくにおうのだ。かすかなマタタビのにおいをかぎわけ、しぜんにそっちへ進んでしまうネコのようだともいえた。

男はそいつのあとをつける。その人物は、とあるビルの地下室のひとつに入った。男もつづいて、なかに入る。

机があり、椅子が三つほどあった。そのひとつにかけていた相手は、男を見て言った。

「だれだ。取引きの件の人か」

「ちがいます。あなたをおみかけし、あとをつけてきたのです。なにか、ぴんとくるものがありましてね」

そいつは顔をしかめて聞いた。

「なんだと。すると警官か」

「いえいえ、そんなものではありません。あなたが、わたしの欲しいものをお持ちのようなので、少しわけていただきたいだけなのですよ」

「とんでもない。そこまで知っているとなると、どうにも油断できないやつだな。思い切って、しまつしてしまったほうがよさそうだな」

相手は拳銃(けんじゅう)を取り出した。しかし、男の飛びかかるほうが早かった。植物園でいろいろ食べたものの成分のおかげだろう。反射神経がすばやくなっており、予期しなかったほどの力も出る。あっというまに、投げとばした。

こんなことができるとはと、男は自分でもいささかふしぎだった。しばらくぼんやりしていたが、われにかえって倒れているやつを調べると、すでに死んでいた。打ちどころが悪かったのか、もともと心臓が弱かったのだろう。

そのポケットをさぐると、小さなびんが出てきた。それが彼の求めるものであることは、すぐにわかった。ためらうことなく、口に入れる。

ちょっとにがかったが、そこがまた、なんともいえない味わいなのだ。いかなる高級なコーヒーも、これには及ばない。からだもまた、それを喜んで迎えた。これまで不足していたものが補給されたという実感がわいてくる。彼は、はなはだ満足した。

その時、ドアにノックの音がした。意味ありげなたたきかただった。

「ちょっとお待ち下さい」

やってきたのがだれか知らないが、死体があってはまずい。あたりを見まわすと、カーテンの仕切りがあった。むこうをのぞくと、簡単な調理台と冷蔵庫のある小部屋があった。来客に出すコーヒーをわかしたりするための場所だろう。ひとまず、死体をそこにかくす。

「どうも、お待たせしました」

ドアをあける。入ってきたのは、どこかすごみのある、三人の男たち。なかのひとりが言った。

「さあ、約束のものを渡してくれ」

「なんのことでしたっけ」

「ふざけないでくれよ。ここで取引きをするという連絡があったので、やってきたのだ」

「じゃあ、そのカバンをあけてみてくれ。ひょっとしたら、はいっているかもしれん」

と男が答えると、三人は飛びつくようにしてカバンをあけた。なかには、白い粉の入ったプラスチックの容器がたくさんあった。大事そうにあつかい、指先につけて味をみている点から、どうやら麻薬らしいとわかった。そうだったのか。しかし、男はそれを飲みたいという気にはならなかった。彼のからだは、麻薬を求めてはいないのだ。男は言う。

「お気に召したようだな。だったら、金を払ってもらおうか」

高額紙幣の束を出しながら、相手は言う。

「ところで、あれはどうした。どこかの国の秘密情報部が試作したとかいう、くそ度胸のつく薬の見本とやらは」

「ああ、あれは、ちょっとした手ちがいがあって、この次だ」

「それじゃあ、約束がちがうぞ」

「すまなかったな。この次には必ずなんとかするさ。おわびの印に、この代金を一割だけ、まけてやる」

「いやに気前がいいね。あんた、会うのははじめてだが、見かけによらず大物なんだな。ユーモアもあるし」

連中はカバンを持って、部屋から出ていった。男はひとりになる。いや、正確には死体がそばにある。さて、これをどうしたものか。

眺めているうちに、食欲がわいてきた。いま飲んだ薬のせいか、それプラスにこれまで食べたものの相互作用か、その死体が見るからにうまそうに思えてきたのだ。

男は外へ出て、ナイフやフライパンのたぐいと、調味料とを買ってきた。そして、料理して食べはじめた。かなり食べでがあった。冷蔵庫があって、ちょうどよかった。彼は何日間か、そこで暮した。さいわい、そのあいだ、だれもたずねてこなかった。骨は焼いて粉にして食べた。

やがて、全部を食べおわる。からだがそれを必要としていたのだろう。

かくして死体はなくなってくれたし、金は使いきれぬほどある。なにもかも、ぐあいがよかった。男は南方への昆虫採集の団体旅行に参加した。ある旅行社の企画したものだ。なぜかそれに行きたくてならなかったのだ。

現地へ着くと、同行の連中はいろいろと採集し、標本を作っている。男は採集するが、みな食べてしまう。もちろん、手あたりしだいではない。見て食欲の起るものだけだ。そして、それらはすべて、それぞれうまかった。毛虫からチョウやガになる中間段階の、サナギを好んで食べた。これは形容できぬほど、いい味だった。昆虫のほか、花や葉や根も食べた。食虫植物のそれは、ちょっと変っていてうまかった。

「植物や昆虫の図鑑を持ってくれれば、よかったな。どれが食え、どれが食えないかのリストを作ることができた。おれも神農になれたというものだ」

神農とは、古代中国の伝説上の人物。いろいろな薬草をかじり、どれにはどんな作用があるのかをたしかめ、薬草という分野の開拓者とされている。

男は考える。いったい、なぜこんなものを食べたくなったのだろう。自分でも、わからなかった。それは理屈ではなかった。世の中には、女を見ると飛びつきたくなるやつ、ゲームとなるとほかのことを忘れてしまうやつ、アルコールなしではいられないやつ。いろいろいるのだ。彼の場合も、その変形といっていいのではなかろうか。

「このサナギを食べてみないか。うまいぞ」

と、同行の人たちにすすめてみた。だれも食べたがらず、勇気を出して口にした者も、顔をしかめてはき出した。どうやら、他人にはその味がわからないらしい。

彼はキノコのたぐいも、何種類か採集した。いずれ食べたくなりそうな気がしたのだ。

帰国。金はありあまるほどある。男は部屋を借り、小さな研究所を作った。いろいろな薬品を買いそろえた。また、金にあかせて、非合法のルートで放射性物質をも購入した。

持ち帰ったキノコを、なぜかむしょうに食べたいという衝動にかられた。食べたいということは、からだがそれを要求しているのだ。食べよう。

　とてつもない幻覚におそわれた。首のぐにゃぐにゃしたキリンが歩き、ヘビが立ちあがり、きらきら光り、空が海面になり、花が歌い、ハゲタカが編隊を組んで飛んで行き、アリぐらいのゾウのむれがうろちょろし……。

　その幻覚からさめると、男の前にはなにやら、ひとびんの液体が出現していた。きっと夢遊状態のうちに、これを合成してしまったようだ。放射性物質もへっている点から、それも使われているらしい。

　しかし、その薬は、じつに魅力的だった。においもいい。ちょっとなめてみると、舌がとろけそうな感じだった。からだがこれを必要としているのだろう。男はためらうことなく、それを飲んだ。

　しばらくありつけないでいた酒好きの人が、やっと高級な酒を口にした。それを何十倍かにしたような感激があった。春夏秋冬の美味な果物をまぜあわせたって、この足もとにも及ばない。

　口のなかの感覚がいっせいに歓迎し、のどが喜びにふるえ、胃がうれしさでおどりあがった。まったく、こたえられない。じわじわ体内に吸収されてゆくのがわかる。放射性物質が細胞のひとつひとつを、強からず弱からず、ここちよく刺激してくれるようだ。

　それから何日かたつと、男はそこを出て、海岸へと出かけた。潮風にさそわれるような気分だった。海を見ると、泳ぎたくてならなくなる。泳いでいけない理由はない。彼は服をぬぎ、海に飛びこむ。

いくらでも泳げそうだった。事実、泳げるのだ。沖へ沖へと進む。のどがかわく。海の水のうまそうなこと。思いきり飲むと、かすかに甘かった。甘ったるくなくていい。いくらでも飲めた。まさに天国に遊ぶ気分だった。

深くもぐり、魚を食べた。フグも食ったし、海へビも食った。プランクトンの味も悪くなかった。そういう体質になっているのだ。クラゲを食べ、ヒトデをかじり、イソギンチャクを食べた。どれもこれもいい味だし、海の生活は悪くない。陸へなんか戻る気がしない。食べ、そして眠る。しだいにふとりはじめた。

しかし、水中にいればからだが軽く、自由に泳げる。だから、いくらふとってもいいのだ。

しかし、その生活も永久につづけられたわけではなかった。彼は網にとらえられ、陸へと引きあげられた。ふとりすぎていて、身動きができない。また、海中で長くすごしすぎたためか、声も出なかった。

学者らしい人たちが集って、話しあっている。

「珍しい。こんなの、はじめて見ます。このような海の生物がいたとは」

「ふとったオスの人魚という感じが、しないでもありませんな」

それを聞きながら、彼はそんな姿に変形しているのだなと知る。

「研究する価値がありますな」

「それはもちろんです。しかし、研究よりも、わたしには、やってみたいことがある。理屈もなにもなしに、このしろもの、わたしにある印象を与えるのです。学者らしくない発言かもしれませんがね」

「決して笑いませんよ。それをお話しになってみて下さい」

「これをすりつぶしてですね、乾燥させて粉にする。それを少し食べさせたら、気の毒な子供たちに対し、ききめがあるのじゃないかと思えてならないのです。治療法がみつからず、手を焼いている病気があるでしょう」

「ええ。そうでしたか。ふしぎですな。どういうわけか、わたしもそんな気がしてならないのですよ。これを眺めていると、なぜかそう思えてくる」

「やってみましょう。きっと効果がありますよ」

「そうですね。これは、もしかしたら天使からのおくりものかもしれませんよ」

運ばれながら、彼は思う。そうだったのか、社会がこういうおれを必要とし、求めていたというわけか。

となりの住人

裏通りからさらに少し横道に入りこんだところに、アパートが一棟たっていた。一階に三室、外側の階段をあがれば二階にも三室。ドアはそれぞれに独自についていて、住人はだれに気がねすることなく、自由に出入りすることができた。

各部屋はそう広くなく、夫婦で住むにはせますぎる。したがって、年齢に差はあるが、住んでいるのは独身の男性ばかりだった。

一階のはじの部屋には、ひとりの青年が住んでいた。もっとも、彼を住人と呼ぶのは正確ではない。このアパートの所有者なのだ。

数年前にあいついで父母に死なれ、その遺産でこういうものを作った。運営はまあまあで、減価償却もなんとか進んでいた。また、彼は美術関係の学校を出ており、いくらかの才能もあった。広告デザインの仕事の注文が時たまあり、それによる収入もあった。それとアパートからの収入とで、余裕のある生活をすごしていた。

若いのだからもっと冒険を求めればいいのにともいえるが、いざという時にたよれる両親は、すでにないのだ。用心ぶかい人生設計をたてざるをえなくなったのも、仕方ないといえた。考えようによっては、目先の利益を考えないで仕事をやれるので、やがてはユニークさをみとめられるようになるかもしれない。

ある日、青年は聴診器を持ち帰った。開業医むけの雑誌に、この広告をのせようとしているメーカーがある。適当に絵柄(えがら)を作ってくれないか。友人を通じて、そう依頼されたのだ。

青年はその仕事にとりくんだ。やりがいのあるものではないが、引き受けたからには、いいデザインのものに仕上げよう。いまや、健康もひとつの商品市場になりつつある。できがよければ、メーカーも一般むけの雑誌に、この広告をのせてみようかという気になるかもしれない……。

そんなことも考えながら、なんとか描き上げ、一段落した。時計を見ると、真夜中もいいところだった。もう一時間もしたら、空が明るみはじめるだろう。

「さて、眠るとするか」

そうつぶやきながら、青年はなにげなく聴診器を手にとった。心臓や時計の音などは、最初に持ち帰った時にためしている。あと、なにかやってみる対象はないだろうか。そして、ふと思いついて、隣室との壁にそれを当ててみた。

なにやら音が聞えてくる。何人かが小声で話しあっているようだった。テレビの音かとも思ったが、そんな印象は受けない。それなら、ラジオだろうか。しかし、いくら待っても音楽は聞えてこなかった。アナウンサーひとりのおしゃべり、といった感じではないのだ。ラ

ジオとは思えない。

「来客でもいるのだろうか」

しかし、こんなおそい時刻なのだ。それに、今夜は足音だのドアの開閉の音だの、訪問者のあったらしい音を耳にしてない。となると、なんなのだろう。想像しようとしたが、いっこうに仮定は思い浮かばなかった。そのうち、その物音も聞えなくなった。青年は眠りにつく。

となりの住人は、三十歳ちょっとの男。おとなしい性格で、目立ったところがない。図書館につとめているとかで、規則正しい生活をおくっていた。問題を起すこともなく、無難な住人といえた。

朝食はトーストとコーヒーですませて出勤し、つとめ先で昼食をとり、夕方、近所のレストランで食事をして帰ってくる。男と顔をあわせるたびの、あいさつがわりの会話で、その程度のことは青年も知っていた。

しかし、それ以上となると、なんの知識もない。管理人と住人との関係は、それぐらいがいいのだ。へたに親しくなると、部屋代の値上げの交渉の時など、やりにくくなる。

つぎの日の夜、九時ごろ、青年はまた壁に聴診器を当ててみた。テレビの音らしいのが聞えてきた。九時半ごろ、こんどは静かだった。十時、なんということなしにもう一回やってみる。また、あの話し声が聞えてきた。がやがやと小声で話しあっている。内容まではわからなかった。

「いったい、なんなのだろう」

しばらくたってやってみると、ふたたび静かになっていた。どういうことなのだろう。ねごとだったら、ああいうようなものになるはずがない。いささかひまを持てあましぎみな青年の好奇心を高めるには、充分といっていい現象だった。

このアパートがどんな構造になっているのか、青年は建築の進行を見物していたので、よく知っていた。自分の部屋の押入れの上段、そこへ立ってその天井の板をずらせば、すぐそばがとなりの部屋の天井裏なのだ。

つぎの日の昼間、青年はそれを実行に移した。ほこりがたまっている。掃除機を使ってそれを取り除く。掃除機を作動させながら、キリで天井板に穴をあけた。木のくずはほとんど下へ落ちなかったようだ。

少し背のびして、その穴からのぞいてみる。冷蔵庫や洗面所のほうまでは見えなかったが、ベッドのあたりは視界に入った。まあ、こんなところでいいだろう。

青年はそこから自分の部屋におり、カギを持って出て、となりの部屋のドアをあけた。彼は管理人として、各部屋のカギの予備を持っているのだ。水道の蛇口がこわれた、水はけのぐあいがよくない。そんな時、住人の留守中にやってきた修理人を入れたりするためにだ。それだけの信用を、彼は住人たちから持たれていた。また、品物が紛失したなどという文句も、これまでに出ていない。

青年はなかに入り、まず天井をながめた。穴はまさにうまいぐあいにあいていた。もう少し大きくしても、気づかれることはなさそうだ。木のくずが散っているかと調べたが、掃除の状態がちりひとつ落ちてないというほどでなかったので、これまた安心だった。

それから室内を見まわす。テレビとラジオのほか、音を出しそうなものはなかった。ステレオもないのだ。

「となると、あの話し声は、なにから発生するのだろう……」

日がかげり夜になるにつれ、青年の興奮は大きくなった。なぞの解明への興味。現実にはなんということもない結果に終るのかもしれないが、少くともそれまでは、期待でわくわくしていられるのだ。

やがて、九時半ごろになる。そろそろとりかかるとするか。青年は押入れの上で身をのばし、音をたてないよう注意し、昼間あけた穴に目を近づけた。

電気スタンドについている小さな電球が、あたりをぼんやり照している。時間がたち、ベッドの下あたりで、いくつものなにかが動きはじめた。目をこらしたが、うす暗いのと遠いのとで、よくわからない。そのうち、それらは窓のほうへと動いていった。青年は自分の部屋へと戻る。

「いったい、あれはなんなのだろう。なにか動きまわっていたことは、たしかだが」

いらだたしい思いだった。なぞは残ったままなのだ。好奇心は、一段と高まった。あれの正体を、つきとめなくてはならない。

つぎの日、青年は穴をもう少し大きくし、オペラグラスを用意して、夜を待った。それにより、やっとはっきりと見ることができた。

男はベッドの上で、左手を毛布のそとに出して眠っている。やがて、白っぽい小さなものが床に落ちた。なんだろう。焦点を合わせると、なんと、それは親指だった。まさか。たしかめるために手のほうを見る。さっきまであった親指がなくなっている。なぜ……。

しかし、現実にそうなっているのだ。落ちた親指を見つめていると、指紋の部分に顔ができ、その下の左右に手があらわれ、下のほうには足が伸び出して、最終的には小さな人の形となった。

「なんということを……」

つぶやきかけて、息をのむ。事態はさらに進行していた。その親指からできた小さな人は、手で自分のからだをなでまわした。すると、服をまとった男の姿となった。まさに、小さな人形だった。

つづいて、人さし指がもげて落ち、同様な経過をたどり、中指、薬指も同じだった。

そして、小指。いままでとちがって、これは女の姿となった。青年は、これは現実でなく、オペラグラスのなかに展開する幻影かとも思った。しかし、しかけなどはない。いま、下でそれが起っているのだ。

ことはそれで終らなかった。指のなくなった、てのひら。それも人の顔に変っていった。そして、パジャマの袖からはい出してきた。すでに、手も足もついている。ほかのと同じに、手でからだをなでると、服がそのまわりに出現した。

人数はさらにふえつづける。それと同じことが、右手にも、さらに両足にも起ったのだろう。

大きめな人形が四つ、小さなのが二十、そのうち女が四つだった。いや、人形なんかではなく、小さな小さな人間なのだ。動きまわっている。また、なにかしきりに相談しているようだった。青年はうなずく。

「ははあ。あれだったのか、話し声は」

やがて、やつらは動きはじめた。窓のほうへと、進みはじめたのだ。腕とすねから変化した、比較的大きな四人が肩の上に乗せあって、窓の内側のとめ金をはずし、すりガラスの戸を少しあける。

そのそとには、外部からの侵入者防止のための鉄の格子がつけられてあるが、やつらぐらいの大きさなら、くぐり抜けることができる。手を貸したりして助け合いながら、みな、そとへ出ていってしまった。

もはや、室内に動きはない。しかし、青年はそのまま見つづけていた。悪夢のようだ。いま、あのベッドの上にいるのは、なんなのだ。両手とも二の腕から先がなく、足も、ももから先がないはずなのだ。それなのに、やすらかな寝顔を見せている。眠る時は手足などいらないといった感じで……。

青年は、自分の部屋のベッドの上に戻る。しぜんと深いため息が出た。

「こっちの頭がおかしくなったようだ。いったい、なんということなのだ……」

酒を飲まずにいられなかった。幻覚ではない。この目でたしかに見た。おかしな話し声の正体もわかった。しかし、あんなこととは……。

かなり飲んだのに、酔ってこなかった。青年は睡眠薬を飲んだ。しだいに眠くなる。しかし、いま壁のむこうに手足のない男がいるのかと思うと、深い眠りには入れなかった。

そのうち、やつらは戻ってきて、ベッドの上にあがり、さっき見たのと逆の光景をたどって、なにもなかったようにもとの形になるのだろうな。そんな夢だか想像だかを頭に描いているうちに、ふと目がさめた。

まだ暗い。青年はのぞいてみたくて仕方なかった。そして、天井の穴から、オペラグラスで下を見た。やがて、思っていた通りのことが展開された。

窓からつぎつぎに帰ってきたやつらは、しばらくなにかを話しあったあと、ベッドによじのぼった。まず、腕から変身したやつが、足のほうからパジャマの袖にもぐりこみ、顔は消えて、てのひらになった。それに、それぞれがとりついて指となった。もう一方の手も、両足も、毛布のなかで目にはできなかったが、たぶんそうなっているのだろう。

青年はさらに睡眠薬と酒とを飲んだ。こうでもせずには落ち着けない。むりやり眠り、目がさめたのは、昼ちかくだった。ドアのベルで起されたのだ。聴診器の広告の絵を取りに来た友人だった。それを渡すと、相手は言った。

「なんだか元気がないな」

「妙な悪夢を見て、目がさめたばかりなんでね」

そう答えておく以外にない。ありのままを話したら、狂ったと思われるにきまっている。友人はそれでなっとくして、帰っていった。

夕方、となりの住人である男がたずねてきて言った。

「今月の部屋代です。どうぞ」

さし出された封筒を持つ手を見て、青年は反射的に身を引いた。この手なのだ。夜中に変身し、外出し、そして戻ってきた手。

「そ、そこの机の上にのせておいて下さい。いま、領収書をさしあげます」

用意してあったそれを、青年は机の上におき、相手はそれを受け取った。男は言う。

「なにか、ご気分が悪そうですね」

「ええ、よく眠れないし、いやな夢を見たりしてね……」

そもそもの原因はなんなのか。その当人にむかっては言えない。青年はつづけて言う。

「……あなたは、よく眠れますか」

「ええ、そのことにかけてはね。いったん眠ったら、朝までぐっすりです」

「毎日のおつとめは、いかがですか」

「とくに楽しいとか、張りがあるということはありませんが、まあまあといっていいでしょうね」

「結婚なさる気は……」

　できたら、結婚して早いとこ出ていってもらいたいものだ。

「どうも、その気にならないんでね。女ぎらいじゃないんですけど、じつは、わたしは生れつきの孤児でしてね。両親がわからないのです。そんなことも、女をためらわせてしまうのでしょうね」

「そうでしたか。つまらないことを聞いて失礼しました」

　男は帰っていった。会話をかわしはしたものの、たいして収穫はなかった。どうやら、当人は眠ったあとに起ることを、自分では知らないようだった。

　それにしても、あの夜中にそとへ出ていった小さいやつらは、なにをやらかしているのだろう。知りたくてならなくなった。青年はそとへ出て、隣室の窓のあたりを調べてみた。窓のそとは塀で、あいだにはほんのわずかの空間しかない。地面からツタがはえていて、窓のそばをつたって、上へとのびていた。これを使って、やつらは出入りしているのだろうな。

夜になると、青年は自分の部屋を暗くして、窓を少しあけ、気づかれぬようにのぞいて待った。十時を少しまわるころ、やつらはあいだをおいて、窓の下を歩き抜けていった。オペラグラスを通してでなく、いまはじかに見ているのだ。小さな人間が、つぎつぎと歩いてゆく。

はたして、あとをつけられるものか。あまり自信はなかったが、やってみなくてはわからない。ドアから出て、オペラグラスで観察する。やつらは道のはじのほうを歩いている。黒っぽい灰色の服なので、動くのをやめれば、そばを通る人があっても気づかれないだろう。

やつらは裏通りに出ると、みな左へと曲っていった。最後のひとりが曲るのを待ち、青年は足音をしのばせて急いでそこまで行き、左をのぞく。道のはじには、なにも見当らなかった。しかし、女の人がひとり、むこうへと歩いてゆく。右からやってきたのだったら、目に入ったはずなのに、その記憶はぜんぜんなかった。

服は黒っぽい灰色だった。さっき窓の下に見た、小さなやつらのと同じではないか。裏通りへのかどを曲ったとたん、普通の人の大きさになったにちがいない。青年は直感的にそう思った。そうとしか考えられない。

見失わないように歩く。女の動作は自信にみちていて、足どりもしっかりしていた。尾行には気づかないようだ。女は表通りへ出、やがて、にぎやかなところへと着いた。バーや喫茶店は、まだ営業している。女は、喫茶店のひとつに入った。青年はガラス越しにのぞいた。

なかのお客のひとりに二十歳ぐらいのセーター姿の若者がいて、椅子にかけてコーヒーを飲んでいた。女はそのそばの椅子に、お待たせしたわという感じでかけ、なにやら話しはじめた。しかし、どんな内容なのかは、まるで見当がつかなかった。

二十分ほどし、女は出ていった。青年はあとをつけようかどうか考え、それはやめて、喫茶店に入った。若者はまだ残っていて、なにか考えこんでいる。そばへ寄って、話しかけてみる。

「ちょっと、よろしいですか」

「え、まあ……」

若者は驚いたような表情になり、どぎまぎした口調で答えた。

「いま、どなたか女の人と、お話をなさっておいででしたね」

「ええ、まあ……」

「どんなお知りあいで、どんなことをお話しになったのか、教えてくれませんか」

「あなた、警察のかたですか」

「そうじゃありませんよ」

「だったら、言えませんよ。いや、警察にだって言えません。いったい、あなたは、あの女の人とどういう関係なんです」

「それはちょっと……」

「ぼくにだけ話せなんて、むりですよ。かりに、あなたがそれを話したところで、ぼくのほうは話せませんよ。しゃべるわけにはいかないんです」

若者はおびえているようだった。声が大きくなり、他のお客たちが不審がり、青年は注文したコーヒーを飲むことなく、代金を置いて店を出なければならなかった。

青年は帰宅した。うまくいったとはいえないが、やつらのあとのつけ方はのみこめた。

つぎの夜、青年は裏通りの少し先のほうで待ちかまえることにした。例の時間になると、灰色の服の男があらわれた。自分のアパートにあんなやつはいないし、第一つぎつぎに出てくるわけがない。やつらはこの道へ曲ったとたん、普通の人そっくりになってしまうのだ。すれちがう人もあったが、ふりかえりもしない。おかしなところは、なんにもないのだ。

青年はそのひとりのあとをつけた。黒っぽい灰色の服の男。そいつは、にぎやかなほうへは行かなかった。平然と歩いてゆき、公衆電話のボックスに入る。どこへどんな電話をかけてるのかは想像もできなかった。

ボックスを出ると、男はさらに歩き、公園のなかへ入り、ベンチにかけた。やがて、どこからともなく老人があらわれ、そのそばに腰をおろし、話しはじめた。二十分ぐらいたったろうか。灰色の服の男は老人をあとに、どこかへ歩いていってしまった。

青年は老人のそばへ行き、話しかけた。

「ちょっとお聞きしますが、いま、どなたかとごいっしょでしたね」

「ごらんになっていたのですか」

「ええ、そうです。よろしかったら、どんなお話をしたのか教えて下さいませんか」

「知りませんよ。ただ、道を聞かれただけのことです」

「どこへの道です」

「いえ、その、公園の出口ですよ」

「電話で呼び出されたんじゃないんですか」

「え、いや、そんなことはありません。もう、その話はやめにして下さい。うちへ帰らなくてはならないのです」


老人は話したがらなかった。それが禁止されてでもいるかのように。青年は、あきらめて帰宅しなければならなかった。

つぎの日、一日じゅう、青年はぼんやりとすごした。あとをつけてみたものの、わかったことといえば、なにひとつない。やつらはとなりの部屋から外出し、裏通りへ出る瞬間に普通の人と同じ大きさになり、なにかをやっている。そして、何時間かすると戻ってきて、ベッドの上の男の手や足になるのだ。

そとで、なにをやっているのだろう。若者も老人も、答えてくれなかった。あの若者や老人を調べてみるか。しかし、おそらく、またべつななぞにつながるだけだろう。そんな感じがする。きりがなさそうだ。

こんな不可解さが、青年の心理をかき乱した。理解できないことだらけだ。あんなぶきみな現象は、ほっておけない。早くなんとかしなければ。しかし、どうすればいいのだ。やがて、夜になる。やつらは、もう外出していっただろう。そのすきにだ。しかし、どうすれば……。

あせりといらだちのなかで、青年はあることを考えついた。そうだ、やつらを帰れなくしてしまえばいい。

カギを手にし、そとへ出て、そっととなりのドアをあける。なかのようすは知っているのだ。しかし、ベッドのほうは見ないようにした。手足のないやつが眠っているかと思うと、いい気分ではない。

ひとつ、起してみるか、いや、決して目ざめないだろうな。そんなことがちらと頭をかすめた。

いずれにせよ、早くやってしまわなければ。青年は窓をしめ、内側のとめ金をかけた。これでよしだ。ふたたびドアをしめ、カギをかけ自分の部屋に戻る。

こんなことをした結果がどうなるのか、その見当もつかなかった。ベッドに横になり、睡眠薬と酒とを飲んで、眠りにつく。しかし、それは浅かった。

ドアにノックの音がしている。何回もくりかえして響いている。青年は薬の作用の残るはっきりしない状態で起きあがり、照明をつけ、ドアをあけた。しかし、前にはだれもいない。

聞きちがえだったのかな。ドアをしめなおす。

なにか、下のほうに妙なけはいを感じた。青年はそれを見て、からだが凍りついたようになった。あの小さなやつらが、みなで見上げているのだ。視線が青年の顔に集中している。あまりのことに、声も出ない。目をそらそうとしたが、それもできない。深みに引き込まれるように、青年は気を失った。

めざめた時には、そとは明るく、昼ちかくなっていた。頭がずきずきする。つけっぱなしの照明で、青年はきのうのことを思い出した。やつらを隣室へ帰れなくしたら、こっちへ出現したことを。あとはどうなったかわからず、夢のような出来事だった。しかし、あんな夢を見るわけがない。

いずれにせよ、やつらは帰れなかったはずだ。となると、となりの男はどうなったのだろう。青年は天井の穴からのぞいてみることにした。案外、なんということもないのかもしれない。ベッドを見おろす。そこに男の姿はなかった。

その男は、その日以来、帰宅しなくなった。十日ほどし、青年は警察へとどけた。刑事がやってきて、ドアを開けさせ、あたりを見まわしてから青年に聞いた。

「どこかへ旅行してるのじゃないのですか」

「さあ、それだったら、ぼくへことわって行くでしょう」

「親しい友人はいたようですか」

「つとめ先の図書館にはいたかもしれませんが、ここにやってくる人はいなかったようですよ」

「じゃあ、そっちでも当ってみますか。しかし、いやにほこりっぽい部屋ですなあ。それに、パジャマがベッドと毛布のあいだにある。おかしな癖の人だったようですね」

たしかにそうなっていた。刑事は天井の穴には気づかず、帰っていった。青年は、これでなんとか幕かなと思った。

一カ月後、部屋を貸す契約の時の保証人に連絡すると、その人はやってきた。青年は聞く。

「なにかわかりましたか」

「いいえ。警察の人が来ましたが、わたしも、じつはあの人のことをよく知らないのです。まじめな性格だとみていましたがね。しかし、急にいなくなるなんて、まさに蒸発ですなあ」

青年はうなずく。刑事も言っていた。ほこりっぽさと、パジャマの件。

手と足が戻らないまま朝になり、明るさのなかでほこりとなってしまったのだろうか。

「そんな感じですね。ところで、部屋をだれかに貸さなければなりません。残った荷物をなんとかして下さいませんか。ぼくが勝手に処分するわけにもいかないし」

「そうですね。いちおう引き取りましょう。しかし、古道具屋さんに売る以外にないでしょうね」

二人は部屋のなかを調べたが、手帳やメモのたぐいはなにもなかった。

やがて、つぎの住人がその部屋に入る。大学を出たての会社員だった。青年は夜中の十一時ごろ、その窓をそとから調べたことがあった。きちんとしまっていた。

「いちおう解決したな……」

青年は、自分に言いきかすようにつぶやく。しかし、内心はその言葉と逆なのだ。このところ、寝つきはよくなった。それはいい。問題はほかにある。

指がむずむずするような、腕や足がかゆいような感じがするのだ。不安で、いやな気分。もしかしたら、やつら、ぼくの手足をとりあげ、そのかわりにとりついたのでは……。

カード

その男は、ある会社につとめていた。三十歳ちかいが、まだ独身だった。女性にもてず、恋人もなかったし、結婚する資金もなかった。これといった才能がなく、昇進や昇給の機会にめぐまれなかった。また、会社そのものも、あまり景気がいいとはいえなかった。つまり、活気のある毎日とは、どうにも呼びようのない状態だったのだ。

男は時どき、つぶやく。

「まったく、平凡な毎日だ。金とひまを持てあました、程度の高い平凡ならまだしもだがね。おれの場合は、なんとか生活できるだけという平凡だから、しまつが悪い。これが、ずっとつづくというわけだろうか……」

現状への不満なら、いくらでもしゃべれる。まさに、その通りなのだ。しかし、最後はいつも、こうなってしまう。

「……いっそ、こんな仕事をやめて、新分野へ乗り出せばいいのだろうが、あいにくと、おれにはそんな勇気も才能もないとくる。いやいやながらでも、いまの会社へ通いつづける以外にない」

その日の帰りも、また、そんなことをつぶやきながら、うつむきかげんに歩いていた。自宅ちかくの、夕ぐれの道。

男は足をとめた。

「あれは、なんだろう」

道ばたに落ちている、銀色に光ったものを目にしたのだ。トランプの札ぐらいの大きさだった。拾いあげてみる。あたりは、うすぐらい。街灯の下へ持っていって、彼はそれをたしかめようとした。

〈SUR特別調査行動部員・17号〉

そんな文字が読みとれた。そして、書かれている文字は、それだけだった。薄い金属でできていたが、硬く丈夫で、力をこめても折れそうになかった。こまかい模様が、はじの一部を除いて、いちめんに彫刻されている。偽造防止のためのようだった。文字の部分も、彫刻だった。裏がえしてみる。文字はなく、そこは模様ばかりだった。

「これは、なんだろう」

クレジットカードのような感じもするが、こんな金属製のなど、見たことがない。名刺だろうか。しかし、こんな金のかかるようなのを使うのは、むだというものだ。それに、名前も住所も書いていない。

そんなことから、男はこれは身分証明書の一種ではないかと考えた。どう見ても、免許証や診療券とは思えない。

それにしても、立派なしろものだ。普通の会社などとはちがった、たぶんよほど重要なところの証明書なのだろう。しかし、SURとはなにかとなると、まるで見当がつかなかった。所在地も電話番号も書いてないのだ。どことなく神秘的な感じさえした。

男はそれを、ポケットに入れた。ちょっと楽しい気分になれた。ちょうど、子供が珍しい形の美しい小石を拾った時のような気分だった。他人の持っていないものを、自分は持っているのだ。

つぎの日から、男はいくらか元気になった。おれは、ちょっとしたものを手に入れたのだ。金では買えないものをね。しかし、同僚に見せるわけには、いかなかった。そんなことをしてとくいがったりしては、子供みたいだと笑われるにきまっている。

しかし、会社以外でなら、かまわないだろう。男は会社の帰りに、バーへ寄った。行きつけのバーでは、彼の性格や地位を知られてしまっている。そこでは、この新しい遊びはできない。彼は盛り場をまわり、そう高そうでない適当なのをみつけ、なかに入った。

しばらくのあいだ、ひとりでだまって飲みつづけていると、店の女の子がそばへ寄ってきて話しかけた。

「はじめていらっしゃったかたのようね」

「ああ」

「お静かにお飲みになるのがお好きなの」

「ああ、どちらかというとね」

「お仕事は、なんなの」

「それは、ちょっと言えないな」

「口に出せないようなお仕事なの……」

女は、少し警戒的になった。犯罪の常習者を連想したのかも、しれなかった。男は首を振って言った。

「そんな低級なものじゃないよ」

「そうすると、あ、もしかしたら、税務署のかたかな。お店の経営状態を、調べてまわっている……」

「なるほど、そういう仕事も、世の中にはあるわけか」

うなずく男に、女が言った。

「じゃあ、いったい、なんなのよ。気になってならないわ。だれにも言わないから、ねえ、教えて」

「つまり、秘密が仕事なのさ」

「よくわからないけど、秘密情報員みたいなものなの」

「ああ」

女は男を眺めなおして言った。

「冗談なんでしょう。とても、そんなふうには見えないわ」

「そんなふうに見えたら、この仕事はつとまらないよ。目立たぬことが第一。テレビ映画なんかに出てくるのと、現実はちがうのだ。わからないかなあ」

「そういわれれば、そうだけど……」

「これを見てみろ」

男はポケットから、金属製のカードを出して、机の上においた。

「あら、きれいね。字が書いてあるわ」

「あんまり、大声を出さないでくれよ。見せて見せてと、大ぜい押し寄せてきたら、困ったことになってしまう。どうだい、これを子供のオモチャだと思うか」

女は手にとって見つめ、模様の彫刻を指でなでながら言った。

「本物のようね。ミステリアスなムードを発散しているわね。秘密情報部員の身分証明書って、はじめて見たわ。それで、あなたのお名前は……」

「これを見せたからには、名前は言えないよ。さきに名前を聞かれて答えていたら、これは見せなかっただろう。SURってなにかも、話すわけにいかないよ」

男は笑いながら、酒を飲んだ。女は首をかしげながら言った。

「そういうものかも知れないわね。だけど、このカードがあなたのものだって、どう証明できるの」

痛い質問だった。男はカードを手にし、なにかいい説明はできないものかと、あらためて見なおした。なんとかうまくごまかさなくては、この面白い遊びも終りとなってしまう。

カードのはじのほうの彫刻のない部分に、指紋がついていた。男はそれを発見した。最初に見つけた時には、そんなものはなかったようだった。拾いあげた時に、自分の指紋がついたのかもしれない。カードのそこの部分が特別な性質をおびているのか、親指の指紋がはっきりとついているのだ。男はそこを示して言った。

「この指紋が、写真がわりというわけさ。仕事が仕事だから、写真をはりつけるわけにはいかないのだ」

「そういえばそうね」

女はやっと、どうやら本物らしいと、みとめてくれた。男はつぶやくように言う。

「われながら、妙な仕事を選んでしまったと思うよ」

「でも、いろいろな体験ができるわけでしょう」

「しかし、いつも危険がつきまとっているから、楽なものじゃないよ」

「いままで一番すごかったの、どんなこと……」

「くわしいことは、話せないよ。きみは聞きたいだろうがね」

「でしょうね」

そんなわけで、男は久しぶりに、いい酔いごこちを味わえた。わずかなあいだだが、SUＲの部員という気分にひたれたのだ。

帰宅した男は、カードを出し、その指紋を調べてみた。それは自分の親指のと、まったく同じだった。そっとハンカチでふいてみた。しかし、なぜかとれなかった。もともと、そこには写真かなにかがはってあり、それがはがれ、たまたま拾った時に、そこに親指が当り、こうなった。そんなふうに、説明をつけてみる以外になかった。

男はその指紋が消えないようにと、注意した。しかし、その心配は不要だった。ポケットのなかで布とこすれあってるにもかかわらず、薄れることもなかった。そんな現象から、男は自分が正式の部員だという気分になっていった。

何日かたって、男はべつなバーに入り、同じような会話を女とかわした。そこでも信用され、待遇は悪くなかった。このカードには、そのような印象を与えるものがあるのだ。バーにいるあいだ、男は秘密部員の17号になれるのだった。

そんなことを何回かやっているうちに、男の性質もいくらか変った。会社の同僚が話しかける。

「なんだかしらないが、このところ楽しそうだな。表情が、いきいきしてきたよ」

「そうかい」

「ははあ、さてはいい人ができたな」

「まあね……」

あいまいに答えておく。彼にとって、これは恋愛よりも、もっと面白いものといえた。恋愛なんて、ありふれている。おまえは知らないだろうが、じつは、おれは秘密情報機関の一員なんだ。

男はひまがあると、ポケットのなかのカードをいじり、空想にふける。会社づとめは仮の姿、本当は部員17号なのだ。カードの感触は、こころよかった。その通りだとの言葉が伝わってくるようだった。カードはいまや、彼にとってマスコットのようなものだった。くだらない日常から、脱出させてくれる。このカードは、本物なのだ。そして、おれはそれを持っている。おれは、正式な部員なのだ。彼はそう思う時間のほうが多くなった。

ある日、帰宅して食事をすませ、新聞を読んでいると、電話が鳴った。

「はい、どなたでしょう」

そう聞く男に、相手は言った。

「部長だ」

「部長ですって……」

会社の直属の部長の声ではない。ほかの部長にも、こんな声の持ち主はいない。

「部長だよ。きみは部員の17号だろう」

「はい……」

これは、どういうことなのだ。バーで何回かカードを見せたことはあったが、名前も住所もつとめ先も言ったことはない。また、会社では見せたことがない。まさに、カードをめざして電話がかかってきたという感じだった。相手の声は言った。

「どうした。なにか元気がないぞ」

「いえ、大丈夫です」

自分でもふしぎなぐらい、力づよい返事が口から出ていた。

「よし、では指令を伝える。情報が欲しいのだ。B国大使の家に忍び込んでくれ。その国の秘密文書を入手したのだが、暗号が解読できなくて困っている。それが必要なのだ。暗号表は大使館の金庫のなかと思わせているが、じつは自宅の寝室の、まくらもとの箱のなかなのだ。それを盗み出せ」

「はい」

「くわしい説明をするから、メモの用意をしてくれ」

「はい。どうぞ、おっしゃって下さい」

「いいか、侵入作戦はだな……」

その建物の部屋の配置、警備員の人数や動き、犬のいるところと、その手なずけかた。塀のどこを乗り越え、どの窓から入ったらいいか。そういったことが告げられた。疑問の点を聞くと、すべて明快な答えがかえってくる。

「やれそうな気分になってきました。それで、盗み出したら、どうしましょう」

「その近くに、駅ビルがある。貸しロッカーが並んでいる。その右の一番下、故障につき使用禁止と書いた札の、はってあるのがある。そのなかへ入れてくれ」

「どうやって、あけるのです」

「カードだよ。それをさしこめば、あくようになっている。なかへ入れ、とびらをしめ、カードを抜けば、それでいい。われわれ以外の者には、あけられないのだ」

「わかりました。かならず、やりとげてみせます」

「たのんだぞ」

電話は切れた。

そのあと、しばらくのあいだ、男はぼんやりしていた。なぜ、こんなことになったのだ。いま、たしかに電話で、指令を聞いた。内容はメモとなって残っている。彼は立ちあがり、服のポケットからカードを出して眺める。カードは本物であり、その所有者のおれは、本物の部員ということらしい。想像していたようにSURは秘密情報機関だった。

しかし、なぜ。この疑問が心のなかでふくれはじめたが、カードをいじっていると、それは成長することなく、消えていった。おれは部員なのだ。上からの命令には、従わなければならないのだ。

しかし、はたして、うまくやれるだろうか。そんな不安も首をもたげかけたが、まもなくおさまった。できるに、きまっている。だからこそ、部員の17号なのだ。

男はそれを実行に移した。翌日、大使の自宅のようすを見て、指示された通りにやれば大丈夫らしいことをたしかめた。そして、夜になるのを待ち、塀を乗り越え、警備員に気づかれぬよう注意し、木へ登って二階の窓にたどりつき、侵入し、目的のものを手に入れ、そとへと脱出する。緊張の連続で、スリルを味わいつづけだった。ひとつやりそこなったら、それで終り。しかし、なんとかうまくやりおおせた。

そのあと、駅のロッカーに入れる。これでいいのだろう。帰宅すると、ほっとひと安心。疲れが出て、ぐっすりと眠れた。なにしろ、うまれてはじめての経験だったのだ。

つぎの日の夜、また電話がかかってきた。

「部長だが、17号か」

「はい」

「きみは、よくやってくれた。みごとなものだ」

「おほめいただき、ありがとうございます。お役に立ちましたか」

「もちろんだとも。ところで報酬のことだが、とどいただろうな」

「さあ……」

「郵便受けのなかを見てくれ」

「はい。ちょっとお待ちを……」

のぞいてみると、封筒がそこにあった。なかには、かなりの金額の札束があった。

「……ございました」

「それでは不足か」

「とんでもございません。わたしは、指示どおりにやっただけですから」

「しかし、やりそこなっていたら、いまはどうなっていたかわからんぞ。それに対する報酬なのだ。では、しばらく休養してくれ」

　電話は切れた。

　思いがけない大金だった。あの行為、この報酬。おれはまちがいなく、本物の部員なのだ。悪くない気分だった。おれは、普通の平凡な人間とはちがうのだ。

　会社への出勤はつづけた。仕事にもはげんだ。そうしていたほうが、身分を知られずにすむというものだ。そして、同僚のだれも、おれがそんなに重要な人間とは気づかずにいる。そのことを思うと、しぜんに笑いがこみあげてくる。

「なんだか、いやに楽しそうだな」

　そう話しかけられることもある。

「まあね」

「恋愛が順調に進行中というわけか」

「そんなところだな」

そう答えながら、男はまた笑った。だれもかれも、楽しいことというと、恋愛ぐらいしか想像できない。世の中には、もっとどえらい刺激的なことがあるというのに。

金まわりがよくなった。男はひとり、高級なバーへ行って飲む。同僚といっしょだと、景気のよさを不審に思われかねない。以前に行ってカードをちらつかせたバーは、避けた。いまや本物の部員なのだ。つまらないことで、いざという場合のさまたげになるような結果になっては、つまらない。

また、カードなんかをちらつかせなくても、金を使うことで、女性たちにもてた。内部に生きがいを秘めた、自信のある表情になっている。それも女性たちにとっては、魅力的なのだろう。

以前にくらべ、彼の人生観はだいぶ変った。人生とは、単調なものではない。なにが起るかわからない、変化に富んだ、色どりのあざやかなものなのだ。かつての平凡な日々はうそで、これこそ現実。彼は満足だった。

一カ月ほどたち、また電話がかかってきた。

「17号か。部長だが」

いつかかってくるかと、胸をときめかせて待っていた電話だった。

「はい。ご命令をどうぞ。ご期待どおりの働きをいたします」

「いつかの駅のロッカーだ。そのなかに、小さな箱がある。それをGホテルの三〇二二号の部屋に宿泊している人に、手渡してくれ」

「その人はだれで、箱のなかみはなんなのです」

「それは言えぬ。きみはこの仕事を、言われた通りにやればいい。きわめて重要なことなのだ。注意してやってくれ。失敗すると、大変なことになる」

「はい。わかっております」

「時間は午後の七時から八時のあいだだ。その人物は、その時間、その部屋にいる」

「はい」

男はさっそく、とりかかった。駅へ出かける。ロッカーのなかには、電話での話のとおり、小さな箱が入っていた。木でできていて、民芸品といった感じの、かわいらしいものだった。

男はそれをかかえて、歩く。まだ時間には少し早い。そう急ぐことはない。ホテルへ行って、これを渡せば仕事はすむ。またも報酬がもらえるというわけだ。

もう、最初の時のような緊張はない。二回目でもあり、簡単な仕事なのだ。こんなことなら、なにも部員を使わなくても、普通の人にやらせてもすむのではなかろうか。

しかし、そうしないところをみると、この箱には重要なものが入っているのだろう。なんなのだろうか。

男の心のなかで、好奇心がめばえた。考えてみると、ＳＵＲなる組織がなんなのか、ぜんぜん知らないのだ。それがわかれば、もっと仕事に情熱が持てるというものだ。

のぞいてみよう。しかし、人のいるところではまずい。どこかで、監視の目が光っているかもしれない。彼はそう思い、公園のなかに入った。あとをふりかえったが、だれかがつけているけはいはない。このへんなら大丈夫だろう。男はふたをあけた。

そのとたん、大爆発がおこった。強烈きわまるものだった。男のからだはめちゃめちゃになり、四散した。その爆風によって、金属製の身分証明のカードも遠くへ飛んだ。丈夫な金属でできているため、それは少しも傷ついていない。

カードは道ばたへと落ちた。爆発の衝撃のためか、はじの部分の指紋は消えてしまっている。ちょうど、だれかに拾われるのを待つような感じで、それはそこに落ちているのだ。

ポケットの妖精

その青年は、都会の小さな会社につとめていた。エレクトロニクス関係の製造会社。彼はその技術を身につけており、まじめな仕事ぶりだった。そして、まだ独身だった。ぱっとしない性格であり、ぱっとしない顔つきであり、なにしろ、ぜんぜん女性にもてなかったのだ。

幸か不幸か、そんなわけで、くだらぬ遊びにおぼれることなく、仕事に熱中するしかなく、かなりの貯金ができた。結婚資金として充分な額だったが、そのかんじんの相手があらわれないのだった。なんとかしようにも、女性のさそい方がわからない。あまり面白い毎日とはいえなかった。

ある夜、青年は夢を見た。すごく楽しく、まさに夢のような夢だった。朝になり目がさめても、まだその気分はつづいていた。彼はひとりつぶやく。

「なにがどうだったのか、くわしい筋は思い出せないが、胸のときめく感じだったなあ。日常があまりにつまらないので、夢がそれをおぎなってくれたのかもしれないな」

身を起こし、あたりを見まわすと、枕もとにそれがいたのだ。身長十センチほどの女性で、背中に翼があった。彼は目をこする。そこだけ、まだ夢からさめていないみたいな感じだった。

「なんだ、これは。お人形かな」

「ちがうわよ」

「あれ、返事をしたぞ。いったい、なんなのだ、きみは」

「妖精よ」

「なるほど。絵ではよく見かけるが、それが出現するとはな……」

たしかに、この世のものとは思えない存在だった。少しさびしげだが、美しく、ととのった顔つきをしている。スタイルもいい。

「……で、いったい、その妖精がなぜぼくのところへ……」

「あなたがお気の毒だから行ってあげたらって、母にいわれたの。あたしの母はね、恋の女神なのよ」

「恋の女神の娘さんの妖精というわけか」

「あなたの夢を通り抜けて、ここにあらわれたってわけよ。せいぜい、お手伝いするわ」

「ありがたい話だな。しかし、うまくゆくのだろうか」

「本当はね、あたし、こういうことやるのはじめてなんだけど、たぶん、うまくいくんじゃないかしら。だって、母の血をひいているんだから」

まったく予期していなかったことなので、青年はいささか興奮した。こうなったら出勤どころではないと、電話をしてその日は会社を休んだ。こんな妖精が現れてきてくれるとは、なんという幸運……。

「くわしく話を聞きたいな。どういうふうに手伝ってくれるんだい」

と青年は身を乗り出し、会話に熱中した。

「あたしを、あなたのお洋服のポケットに入れてよ。それだけでいいのよ。そうすれば、あなたは多くの女たちに恋をされることになるのよ」

「つまり、もてるようになるってわけだな。しかし、信じられないな。いままで、そんな目に会ったことがないのでね」

「うそか本当かは、やってごらんになれば、わかることよ」

「しかし、ポケットにきみを入れていてはね。なにかの拍子で見つけられたら、変に思われるだろうな。薄気味わるがられるかもしれない」

「その点は大丈夫よ。あたしはね、あなた以外の人には感知されない存在なの。ほかの人には、見ることもさわることもできないの。だから、気にすることはないのよ」

「とにかく、すごい話だな。ためしに、キャバレーへでも行ってみるか」

以前に何回かは行ったことがあったが、もてたことは一回もなく、最近はすっかりごぶさただった。

その日は、夜になるのが待ち遠しかった。その一方、自分に言いきかせた。だめで、もともとなのだと。ものごと、そううまくゆくとは限らないのだ。期待しすぎると、あとでがっかりする。

しかし、ためしてみるだけの価値はある。キャバレーへ出かけてみた。青年が店へ入るやいなや、そこの女性が飛びついてきた。

「あら、いらっしゃい。大いに飲みましょうね」

それも、ひとりだけじゃなかった。

「あたしも、おそばにすわらせてもらってもいい」

と何人もの女性たちが、集ってきた。彼は自分のからだをつねり、その痛みによってポケットのなかの妖精のことを思い出した。なるほど、こういうことなのか。けさの夢が、具体化したというわけか。女性たちは口々に言う。

「ひと目みた時、こんなすてきなかたはないって、ぐっときちゃったわ」

「なぜかわからないけど、あなたが好きになっちゃったの」

天国に来たような気分だった。にやにやしたくなるのを押え、青年は彼女たちに言う。

「おいおい、ほかのお客さんたちに、悪いんじゃないのかい。それに、こう大ぜいに来られると、支払いの時に困るし」

「いいのよ、ほかのお客なんて。あたし、あなたに熱を上げちゃったの。だから、サービス料なしにするから、毎日いらっしゃってね」

その言葉どおり、豪遊したわりに、料金はそう高くなかった。その日を境に、青年の人生観は一変した。世の中はかくもすばらしいものだったのか。ここで大いに楽しまなくちゃあ。

彼は毎日のように、キャバレーへ出かけるようになった。ほかの店へも行ってみた。そこでも、もてた。帰宅してひとりになると、青年はポケットのなかの妖精に話しかける。

「おかげさまで、人生が楽しくなったよ」

「よかったわね。あたしも、やってきたかいがあったわ」

こうなると、会社の帰りに、つい足はキャバレーへとむいてしまう。麻薬中毒になったような形だった。もっとも、以前のことを考えれば、むりもない。

いい気になって遊びつづけていると、当然のことながら費用がかかり、やがて貯金が心細くなってきた。

しかし、あわてることはない。青年は喫茶店をやっている友人に、その営業資金として、いくらかの金を貸していたのだ。それを返してもらえばいい。その交渉に出かけていった。

「ちょっと金が必要になったんだ。いつか貸したのを返済してくれないか。証文は持ってきたよ。けっこう繁盛しているそうじゃないか」

「申しわけないとしか言いようがない。ずっと繁盛していたんだが、このところ急に景気が悪くなり、赤字つづきなんだ。どうにもやりくりがつかない。返済はここ当分できそうにない。必死になってがんばってみるから、なんとか助けてくれ」

いろいろと説明を聞くと、経営がにっちもさっちもいかないのは、事実らしかった。食うや食わずといった状態のようだ。あきらめざるをえなかった。

となると、仕方がない。青年は、金融業者から金を借りた。女性たちと遊ぶのを、やめるわけにいかない。いままで灰色だった青春を、ここで取りかえすのだ。

しかし、なんという不運。その帰りに、ひったくりにあって、金の入ったカバンを奪われてしまった。女のことを考え、内心にやにやしているすきを狙われたのだ。

えらいことになった。彼は青くなった。しかし、どうしようもない。盗まれたからといって、返済しないですむことではない。あれこれ計算し、彼は夜逃げをするのが最も有利と判断した。会社をやめ、半年分の月給ほどの退職金をもらい、そのまま都会を離れたのだ。もちろん、ポケットの妖精ともども。

そして、小さな地方都市へ行き、そこで仕事にありついた。電気製品の調整や修理の技術を持っているので、そんな店に住み込みで働くことにしたのだ。

一段落し、そこでの生活になれると、ここでも青年は何人もの女性から恋をされた。そのひとりに喫茶店につとめる女の子がいて、なかなか感じがよく、彼の心も傾いた。

都会でのあのキャバレー遊びは、自分でも常軌を逸していたと思う。まったく、ばかばかしいことをしたものだ。そろそろ結婚して、まともな生活に入るべきだろう。青年は、彼女に言った。

「きみが好きだよ」

「あたしもよ。なぜかわからないけど、あなたが好きでならないの」

「結婚してくれないか」

「もちろんとお答えしたいんだけど、あたしの父、つまらない事業に手を出して失敗し、かなりの借金をしょいこんでしまい、そのうえ病気になっちゃったの。それで、あたし、こうして働いてるのよ。父をほってはおけないわ。せっかく、あなたのようなかたと、お知りあいになれたっていうのに……」

彼女は涙を流した。

「そうだったのかい。よし、ぼくがかせいで、そのことはなんとかするよ」

青年は仕事に精を出した。しかし、ある日の夕方、得意先を回って集金の帰りに強盗にあい、それをとられてしまった。目撃者もあり、狂言でないことはたしかだったが、どうもぐあいが悪い。その店に、いづらくなる。かせいで、金をためるわけにいかない。

青年はその女性をあきらめ、行先を告げることなく、別の町へ移った。なにもかにも、はじめから新しくやりなおしだ。職はなんとかみつかった。今度こそへまをやらず、すてきな女性とめぐりあい、結婚しよう。

ポケットのなかの妖精のおかげで、青年はまたも魅力的な女性と知りあい、恋をされた。いくつもの商店と契約し、帳簿の整理のような仕事をしているという。彼女は言った。

「あなた、すてきなかたねえ。誠実そうで、情熱的で、いっぺんに心をひかれたわ」

何回かつきあっているうちに、青年のほうも、まんざらでない気分になってきた。

「きみは、この町の人かい。ずいぶん洗練された感じだけど」

「そうじゃないの。好きになったあなただから打ちあけるけど、あたしギャンブルが好きで、つとめていた銀行のお金を使いこんじゃったの。そのため、都会にいられなくなり、逃げ出して、この町に来て働いているの」

「そうだったのか。ぼくも同じようなものだけど……」

そういう女は、あとで手を焼くことになるんじゃないかな。使いこみのほうは、この町にいることで見のがされていても、いつギャンブル好きな性格が出ないとも限らない。結婚するのは、考えものだ。

ひとりになり、青年はポケットのなかの妖精に話しかけた。

「またも恋をされた。どこへ行ってもだ。きみのおかげなんだろうな」

「そうよ、最初にお話しした通りでしょう」

「しかし、その一方、お金には困りつづけだ」

「両方ともって、むりなようね」

「きみの力はみとめるよ。すごくもてるようになったんだから。しかし、こんなふうにとはね……」

「でも、うまくいってるんでしょう」

「ああ。だが、それにしても、ふしぎでならない。たまには金持ちの娘とか、景気のいい女性に恋をされてもいいと思うんだが、寄ってくる女は、だれもお金に縁がないとくる。こっちの状態も同様だ。きみがこの仕事になれていないせいだろうか」

と青年が聞くと、妖精は首をかしげながら言った。

「そうじゃないようね。やはり、血すじのせいかもしれないわ」

「だって、きみのお母さん、恋の女神なんだろう」

「ええ、それはそうなんだけど、じつは、あたしの父、貧乏神なの……」

職業

春子は二十七歳で、郊外の家に住んでいる。四年ほど前に結婚していた。しかし、子供がないせいか、まだ若々しく、美しかった。所帯じみてもいない。夫は三十歳。背が高くハンサムだった。似合いの夫婦といってもよかった。

住宅は、ほどよい大きさ、モダンな作りで、内部の装飾もしゃれていた。せまいながらも庭があり、草花が植えてある。まさに、幸福の典型といってよかった。

外見ばかりでなく、現実にも二人はうまくいっていた。口論など、まったくない。夫は春子を、心から愛していた。そのことは、彼女にもよくわかっていた。そして、時たま口に出して言う。

「ねえ、あたしたち、しあわせねえ」

「いうまでもないことじゃないか。ぼくはきみといっしょになってから、毎日が楽しくてならないよ」

「ええ、あたしもそうよ。あなたのない人生なんて、考えられないわ。いつまでも、こんな生活がつづくんでしょうね。あまりにしあわせすぎるんで、あたし、なんだか不安になることがあるの」

「ぼくの愛は変らないよ。きみがぼくをきらいにならない限り、この生活は変りっこないよ」

「そうね……」

新婚の夫婦のような会話だったが、二人のあいだでは決して不自然でなかった。春子はちょっと考えてから言った。

「……お仕事のほうは、順調なの」

「安心していいよ。結婚してから、金銭について不自由な思いをさせたことがあったかい」

「ないわ。おかげで、家計のやりくりに悩まないですんでいるわ」

「だけど、帰宅の時間が不規則で、きみにいやな思いをさせているのじゃないかな」

「そんなことはないわ。お仕事なんですもの。宝石やなんかの訪問販売なんだから、帰りのおそくなることがあっても、仕方ないわ。それに、きょうはおそくなると、あなたは必ず電話してくれるし」

「きみのためにも、もっと働くよ」

「だけど、あまりむりをして、からだをこわさないようにね」

つまり、二人は愛情でかたく結ばれていたのだ。

ある日、夫の留守中に、来客があった。

春子の学生時代からの友人の女性だった。とりとめのない会話のあと、その女はこんなことを言った。

「そういえば、このあいだ、道であなたのご主人を見かけたわ。あら、こんな話、しないほうがよかったかしら」

「なんなのよ。話しかけてやめるなんて、かえって気になるわ」

「じつはね、あなたのご主人が女の人と、仲よさそうに話しながら、ホテルに入ってゆくのを見ちゃったのよ」

「なにかと思ったら、そんなことだったの」

落ち着いている春子に、友人は言った。

「あなた、ちっとも驚かないのね」

「ええ。あたし、主人を信じてますもの」

「でも、ほかの女の人と、親しげにホテルへ入っていったのよ」

「宝石の販売が仕事なんだから、お客の女性のごきげんをとることだってあるはずだわ。この方面じゃ、ベテランなのよ。だから、あたしたち、こんな生活ができるの。いつか言ってたわ。取引の場所に、ホテルのロビーや喫茶店をよく利用するって」

「それにしても、いやに親しそうだったわ。あなた、現実に見ていないから、そんなふうに平気でいられるのよ」

そんなことを言って、友人は帰っていった。そのあと、春子の心に、ほんの少しだけ疑惑の念がわきあがった。作り話として片づけられないところも、あったのだ。

その夜、帰宅した夫に、春子はそのことを話題にした。

「きょう、お友だちが来てね、あなたが女の人と親しげにホテルへ入ってゆくのを見たって話してたわよ」

「そういうことも、あったかもしれないな。扱うものが宝石だから、お客は女が多い。おせじぐらいは、言わなくてはならないよ。なにしろ、金をかせぐための仕事だからね。ホテル内は警備がゆきとどいているので、なかの喫茶室を利用することが多いんだ」

「そうでしょうね」

「だけど、きみにいやな思いをさせてしまったわけだな。といって、ほかの仕事に移ろうにも……」

「いいのよ、いまのままで。あたし、そんなことでどうこうさわぐような、はしたない女じゃないの」

ことは、それ以上に発展しなかった。夫の表情や口調には、やましさとかごまかしとかいった感じは、まったくなかった。春子はほっとし、ちょっとでも夫を疑ったりした自分を恥じた。夫はあたしだけを愛してくれているのだ。友人の言ったことは、たぶん錯覚か、あたしたちへのやっかみによるものにちがいないわ。

一カ月ほどして、またその友人がたずねてきて、春子に言った。

「そのご、どう」

「どうってこともないわ。平穏な毎日よ」

「ご主人のこと、気になさらないの」

「もちろんよ。あたし、主人を信じているし、愛しているんですもの」

「おひとよしねぇ」

「なぜ、そんなことおっしゃるのよ」

「またも見ちゃったんですもの。あなたのご主人、女の人と手をにぎりあいながら、ホテルへ入っていったわ。こないだの人とは、ちがったみたいだわ。それにね、一流のホテルじゃなく、いかがわしいホテルによ」

「まさか」

「本当よ。見まちがえなんかじゃないわ。だけど、あなたみたいに、平然としているほうが賢明かもしれないわねね。男性って、もともと浮気をしたがるものなんだから。いちいち大さわぎをしていたら、きりがないものね」

「そんなんじゃないの。うちの人に限って、浮気なんかするはずがないわ」

「うらやましい性分ね、あなたは」

なんとなく、気になる話しぶりだった。

その夜、春子は夫に言った。

「こないだ、あなた、お帰りがかなりおそかったことがあったわね」

「ああ、仕事でね。あの日は、じつにうまくいった。帰ってきて、まとまった金を渡したはずだが」

「そうだったわね」

「いったい、なんで、そんなことを持ち出したんだい」

「お帰りがおそいんで、浮気でもしてるんじゃないかと、ふと……」

「え、ぼくが浮気を。冗談じゃないよ。ぼくが愛しているのは、きみだけだ。そりゃあ仕事上、いろんな女の人と会っているが、きみ以上の女性にめぐりあったことはないよ。なぜ、浮気をしなくちゃならないんだい。そんなことをしそうに見えるかい」

と夫は視線をそらすことなく言った。言葉のはしばしに、愛情があふれている。

「ごめんなさい。そんなつもりで言ったのじゃないの。テレビのせいよ。そんな番組を見たのよ。こんなことが頭に浮かんだのも、あなたを愛していればこそよ。わかってね」

「わかっているよ。ぼくだって時には、きみに浮気をされたら、どんなに悲しいかと考えることもあるもの」

「あたしなら大丈夫よ。あなた以外の男のことなど、心のなかにぜんぜんないもの」

もやもやは、いちおう消えた。しかし、春子の心のなかで、疑念は時たま頭をもたげるようになった。そのたびに自分で打ち消し、なっとくもするのだが、またいつしかくすぶりはじめる。

こんなことをつづけていては、しようがないわ。自分なりになんとか解決しないと、精神的にもよくない。この目で、たしかめなくては。春子はそう考えた。

出勤する夫の、あとをつけてみた。夫はつとめ先である宝石店に入る。ここの固定給はそう多くないが、売上げに応じて歩合が入る。それがかなりの額になるところをみると、なかなかの手腕の持ち主なのだろう。春子は、そんな感想をいだいた。

夫はまもなく出てきて、近くの喫茶店に入り、そこからほうぼうへ電話をかけている。相手がだれで、どんな内容なのかまでは、遠くからなのでわからなかった。

やがて夫は、そこを出て公園に入った。だれかと待ち合わせているようすだった。そして、その相手が女性であることが判明した。ベンチにすわって、いやに親しげに話しあっている。彼女は見ていて、あまりいい気分ではなかった。宝石を売りつけるには、あんなにまでしなくてはならないのかしら。もっとも、その女はさほど美人ではなく、春子にとって、それがわずかな救いだった。

見ていると、二人は、あとでまた、といった感じで別れた。春子は迷ったあげく、女のほうのあとをつけ、そのつとめ先をたしかめた。

家へ戻る。夜になると夫が帰宅した。いつもと変らぬ、彼女への愛にみちた表情をしている。

「家へ帰ると、気が休まるな。きみと二人でいる時間が、なによりも楽しいよ」

「でしょうね」

と答えながら、彼女は夫の顔をうかがった。そこには、昼間ほかの女性となれなれしくつきあったあとなど、ぜんぜんない。やはり、あれは商取引だったのだろうか。とても、そうとは思えなかったが。

それとも、と、いやな仮定が春子の頭に浮かんだ。あたしの夫は、二重人格なのかしら。そとではさかんに浮気をするが、帰宅したとたん、善良な亭主に一変する。一種の異常性格。そういうことだって、ないとはいえないんじゃないかしら。いずれにせよ、はっきりさせなくては気がすまないわ。

春子は決心し、興信所に夫の素行調査を依頼した。

一カ月ほどして、その報告書がとどいた。それを読んで、春子は声をあげた。

「まあ……」

それによると、夫はかなりの人数の若い女性たちと、親しくつきあっている。どうやら、独身をよそおっているらしい。仕事上の交際と思われるのを除いてとして、女たちの名前と住所とつとめ先とが書き並べられてあった。それだけでも十人は越えている。いつか公園からあとをつけた女のつとめ先も、そのなかにあった。

「まあ、なんてことを。愛しているのはあたしだけだなんて言いながら、こんなに多くの女たちと、商売をはなれて遊びまわっているなんて。許せないわ。あたしという妻がありながら……」

春子はこの事態を解決しようと思った。それらの女たちを一掃するため、すぐ実行にとりかかった。自分が正式な妻であることを示す戸籍抄本をとりよせ、複写した。また、結婚式の写真も焼き増しした。そして、それぞれに郵送したのだ。

反応はすぐにあらわれた。二日後、早目に帰宅した夫は、頭をかかえこんでつぶやいている。いままでに、なかったことだった。

「どうもおかしい。お得意先の連中の態度が一変しやがった。このままだと、困ったことになる。どうして、ああなってしまったのだろう……」

それを見て、春子は言う。

「どう、少しは反省した。あなたがつきあっている女たちに、あたしという妻があることを、手紙で知らせてやったのよ」

「なんだって。とんでもないことをしてくれたな。ああ、これでなにもかも終りだ。きみとの楽しく豊かな生活も……」

その、あまりの驚きよう、あまりのなげきかたに、春子はふしぎがり、また、不安にもなってきた。

「いったい、どういうことなの」

「愛しているきみを、失いたくない。きみとの生活を、いつまでもつづけたい。そのために、ぼくはがんばって仕事にはげんできた」

「宝石を販売する仕事でしょう」

「そうなんだが、その販売では、あまりうまくいってなかった。ぼくには、そういう才能がまるでなかったんだ」

「だけど、収入はよかったじゃないの」

「だから、むりをしたのだ。ぼくは、きみと別れたくない。ぼくには、もともと、ひとつしか才能がなかったのだ。やむをえず、それを活用することにした。表むきは宝石の販売員だが、もっぱら、こっちのほうで金をかせいだ。いいかげんなやり方ではだめだが、ビジネスと割り切って冷静にやると、ぼろを出すことなく、金はつぎつぎに入ってくる。この分野にかけては、一流といっていいんじゃないかと自信を持てるようになってきた」

「なにをなさってたっていうの……」

春子が聞いた時、三人の男の来客があって、その答えを言った。

「警察の者です。すでに被害とどけが、四人ほど出ています。結婚すると称して、女性たちからつぎつぎと巧妙に金を詐取したという容疑で、逮捕にきました」

経路

その男は、独房のなかにいた。殺人をおかしたのだから、こういうところに入れられても、いたしかたない。壁はコンクリートで、窓と入口には鉄の格子がはまっていた。粗末なベッドと洗面台とトイレ。そなえつけてあるものといえば、それぐらいだった。窓からそとをのぞいても、高い塀が見えるだけ。目を楽しませるものは、なんにもない。

目ばかりでなく、精神的にも同様だった。気軽に話しあえる相手もない。また、テレビもラジオも週刊誌もない。たのめば看守が修養の本を持ってきてくれ、げんにその一冊があるのだが、とても読む気になどなれない。

むりにそのページをめくってみるが、ぜんぜん面白くない。あくびがでてきて、そのうち眠くなってくる。ありがたいことに、眠ってはいけないという規則はなかった。

男はうつらうつらし、やがて夢を見た。バーに入り、酒を飲んでいる。支払いのことなど気にせず、景気よくおかわりをした。そばには女性たちがいて、なにかと話しかけてくる。ざわめきが店にあふれている。

やがて目ざめる。殺風景きわまる独房だ。することは、なにもない。男は、いまの夢を思い出してみる。けっこう楽しかったな。こんなとこに入れられる前は、よく出かけたものだった。男は夢の余韻を、くりかえし味わった。

こうなってしまったからには、面白いことといえば、夢を見るぐらいしかない。まったく、その通りだ。男はそれに気づき、ふたたび眠りの世界に入った。

また夢を見た。暗やみにまぎれ、どこかの家の塀を乗り越えて、庭に入ったところだった。あたりは静かだった。しかし、とつぜん背後に、いやなけはいを感じた。ふりむくと、そこに黒く大きな犬がいた。ほえかかってくる。鋭い歯がぶきみだった。男はあわてて逃げたが、それも塀のところで行きどまり。乗り越えるのには手間がかかり、犬はそれを待ってはくれない。飛びかかられたら、どこかをかみつかれるだろう。

目ざめると、男は汗びっしょりだった。刺激的だったといえないこともないが、こういう夢は困る。心臓にも悪いのではないだろうか。ここでの単調な生活もいやだが、悪夢はもっとかなわない。眠りに入るやり方が悪かったのかもしれない。

男はベッドの上で修養の本を手にし、目を走らせる。しばらくするとあくびが出て、しぜんとねむくなる。

こんどは、悪くない夢の世界に入ることができた。男は広いマンションの一室にいた。窓からは、街の夜景が見える。少なくとも、十階以上にある部屋だろう。内部のものは、なにもかも豪華だった。壁にはいくつも絵が飾られていて、床のじゅうたんは厚く、ダブルベッドは大きくやわらかだった。

さらにすばらしいことには、その上に美しい女がいる。それに部屋のすみの机の上には、各種の酒がずらりと並んでいる。どちらを先にしたものだろうか。自由にえらべるのだ。束縛はなにもない。

目がさめて、男はつぶやく。

「いい夢だったなあ……」

夢だから細部はぼやけていたが、その楽しい気分だけは残っていた。夢というものは、あでなくちゃいかん。くふうをしたら、いい夢を見る技術が身につくのではないだろうか。

この独房のなか。色彩や形の美しいものは、なにもない。変化のあるものといえば、つまらなさの象徴のような、修養の本だけ。こんな状態から、なんとか脱出したいなあ。時間つぶしの方法となると、このわけのわからない文章を目で追う以外にないんだから……。

そういう心境になって眠ると、悪くない夢の世界に入れるのだった。

男は、ビジネス街にあるビルのなかのオフィスにいた。とくに広いとはいえないが、必要なものはそろっていた。事務用のデスクがあり、来客用の応接セットがあり、電算機があり、書類キャビネットがあり、女性の秘書兼経理係がいる。男は電話をほうぼうにかけている。あの株を売って、この株を買え。活気があって、さわやかだった。

目がさめたあとも、さっぱりした感じがつづいていた。仕事をするということは、頭を使って、けっこう楽しいものだ。

それにひきかえ、この独房はなんとひどい場所だ。なんにもすることがない。歩きまわろうにも、何歩かで壁か鉄格子にぶつかってしまう。看守にたのめば庭を散歩させてくれるが、それだって距離が少し長くなるだけのことだ。大差ない。行きたいところへは行けないのだ。つまらないこと、おびただしい。

しだいに男は、こつをおぼえていった。

夢のなかで男は、高級車を走らせ、郊外へドライブすることもできた。ハンドルをいじれば、森、山、川、海、どこでも好きなところへ行けるのだ。

独房生活のあじけなさは、食事についてもいえた。まさに、あじけないのだ。ある程度の栄養はあり、口にできない味というわけではないのだが、すばらしいとは、おせじにもいえない。しかし、食わなければならない。男はこつを応用してみた。

夢のなかで、しゃれたレストランに入ることができた。フランス料理。メニューのなかから選んで注文すると、それらが運ばれてくる。男はそれを、ゆっくり食べる。

目がさめたら、独房の食器はからになっていた。

「こりゃあ、いいや」

男は夢のなかですごす時間を、しだいに長くしていった。なにしろ、ほかにすることがないのだ。

閉店まぎわのバーで飲んでいる。そばの女性が、話しかけてくる。

「いい色のネクタイをなさっているのね」

「ああ、自分でも気に入っているんだ。そういうきみだって、なかなか趣味がいいじゃないか。なんという名か知らないが、高級な香水をつけているね」

「このまえだって、つけていたわよ」

「そうだったかな。はじめて気がついたよ」

「あなたって、ずいぶん景気がよさそうね。なんなの、お仕事は」

「証券の売買さ。順調なんだよ。どうだい、店が終ったら、わたしのマンションに寄らないかい。ひとり暮しだから、気がねも遠慮もいらないよ」

「そうね。でも、少しだけよ」

「いいとも。そうときまったら、もう一杯飲もう。ウイスキー・サワーをたのむ」

それはいい味で、酔い心地もすばらしかった。彼女はついてきた。タクシーでマンションへ行く。

「すてきなお部屋なのねえ。眺めもいいわ。ネオンがたくさん見えて、きれいね」

「わたしはちょっと、シャワーをあびてくる。そのあいだ、ステレオでも聞いててくれ」

音楽が流れはじめ、男はシャワーをあびる。適温の湯が肌にこころよい。

そこで目がさめた。独房のベッドの上でだ。天井はことさら殺風景。男は目をつぶりなおし、つぶやく。

「おれの夢も、最初のころにくらべて、ずいぶんリアルになってきたなあ……」

色もつくようになってきた。においもわかる。酒の味もだ。酔いも、ともなっている。それに音楽。皮膚への感じもあった。おれの能力も一段と高まってきたといえそうだな。まったく、すばらしい世界だ。

目を開く。それにしても、ここはなんだ。色彩なるものが、まるでない。いいにおいもなければ、音楽もない。つまらない、どうしようもない場所だ。とてもじゃないが、がまんできない。そう、あの夢のなかでは、だれもおれを犯罪者あつかいしない。そこがまた、なんともいえないよさなのだ。

「夢に戻るとするか……」

事務所のなかだった。各種の資料に目を通し、コンピューターにデーターを入れ、その結果を自分なりに分析し、株価の動きを予測する。電話をかけ、注文を告げる時など、まさに生きがいといったものを感じる。

夕方ちかく、依頼しておいた調査会社からの書類を、そこの女の子がとどけにやってきた。感じのいい美人だった。男は言う。

「ごくろうさま。どうでしょう、夕食をごいっしょにしませんか。いつも、お手数をかけている。そのお礼の意味です。ほかに、なにかご予定がなければ」

「きょうのお仕事は、これで終りなの。会社に戻ることもないわ」

「だったら、ちょうどいい。この近くに、イタリー料理のレストランがあるのです。ピザやスパゲッティといったものだけでなく、かなり高級なものもあるんですよ。ムードも悪くない。どうでしょう、そんなのは……」

「なんだか、行ってみたくなってきたわ」

「じゃあ、これから……」

というぐあいに進展する。

めざめたあと、その味まで思い出せるのだ。普通に食べたのなら、この独房の食事、おもしろくも、おかしくもない。一方、夢の世界には、楽しさばかりでなく、ここにはない生きがいもあるのだ。

男はしだいに、夢の世界へと移っていった。そこにいる時間のほうが長くなったし、そこは、ますますリアルになっていった。男にとって、こっちのほうが現実の世界といってよかった。

朝は、豪華で快適なマンションのベッドでめざめる。そばに女のいる時もあり、いない時もある。そして、朝食。かおりの高いコーヒーを飲む。新鮮なフルーツも。これから充実した一日がはじまるのだ。

それからタクシーで、ビジネス街の事務所へ出勤。ほうぼうへ電話をかけ、仕事にはげむ。

だれでもそうだろうが、利益があがりつづけるというのは、気分のいいものだ。秘書兼経理の女性も、よく働いてくれる。あまり美人ではないが、信用でき、役に立つのだ。

昼は近所から簡単なものを取り寄せて食べ、午後も仕事。夕方になると、いささか頭が疲れてくる。しかし、これはこころよい疲れなのだ。

「さて、きょうは、なにを食うか。久しぶりに日本料理にでもするか」

まず、酒を一杯。昼間つづいた緊張を、もみほぐしてくれる。金は使うためにあり、それはたんまりあるのだ。かくして、美酒と美食の夜がはじまる。食事のあと、にぎやかなバーを飲み歩く。女性をさそってみて、承知してくれたら連れて帰るが、つごうが悪いと断わられれば、あきらめる。このつぎは、彼女もつごうがよくなるかもしれないのだ。

シャワーをあび、ベッドで眠る。まさに優雅でみちたりた日々。休日には、ドライブに出かける。

時たま、独房のなかに目ざめることもある。しかし、それは男にとって、かすかな夢のようなものだった。男はつぶやく。

「ここはどこだ」

そとの看守が言う。

「おいおい、ふざけないでくれよ。おれの顔を忘れたのか」

「そういえば、お会いしたようなことがあるような気も……」

「しっかりしてくれよ。おまえは囚人なんだ。おれはずっと、ここの看守なんだぜ」

「そうでしたね」

「おまえ、このごろおかしいぞ。一日中ぼんやりしている。まあ、こんなところへ入れられたら、むりもないがね。なにか、してもらいたいことがあるか。できるだけのことは、してやるぞ」

「酒や女や自家用車のたぐいですか」

「むちゃ言うな。ここをどこだと思ってるんだ」

「わかってますよ。みんな、まにあってるんだ。じゃあ、ひとつだけ、たのみごとがあります。ほっといて下さい」

「おまえの弁護士が会いたがっているが、どう返事しとくか」

「ほっといてくれと伝えておいてくれ」

そして、男はマンションのベッドの上で目ざめるのだ。色も音楽もない光景を、なにやら見たという記憶はかすかに残っているが、コーヒーを飲み終るころには、その夢のこともどこかへ消えてしまう。これからの活気のある一日のことを考えるほうが、楽しいのだ。

文句のつけようのない日々が流れていった。

ある夜。男はチャイムの鳴る音で、目をさまさせられた。ベッドをおり、照明をつけ、マンションのドアをあける。ひとりの青年が入ってきた。顔に見おぼえはない。

「まず言っておく。この拳銃はオモチャではない」

青年の手に目をやると、それがにぎられていた。重そうで、本物のようだった。こんな近くでぶっぱなされたら、命中するにきまっている。

「わかった。強盗だな。しかし、おあいにくだ。株券のたぐいは、ここにはない。服のポケットに、いくらかの現金が入っている。それを持って、帰ってくれ」

「まちがえないでくれ。強盗のような、くだらん目的でやってきたのではない。そんな連中に見えるか」

あらためて、青年の顔を見なおす。凶悪そうなところはない。しかし、なにか思いつめたような表情があった。

「となると、いったい、なにをしに来たのだ」

「うらみをはらしに来た」

「なんだと。人にうらまれるおぼえはない。わたしの商売は、株の売買だ。だから、間接的にだれかに損をさせているかもしれないが、直接にということは、あるわけがない」

「そんなたぐいではない。思い出せ」

しかし、いくら考えても、これといったことは頭に浮んでこなかった。

「さっぱりわからない。教えてくれ」

「じゃあ、思い出させてやる。いつか、おまえの事務所に、書類をとどけに寄った女の子があったろう。おまえは彼女を食事にさそった。そんなことで安心させ、何回目かには酒を飲ませて酔いつぶし、ここへ連れてきてもてあそんだ。ちがうとは言わせないぞ」

「言われてみれば、そんなことがあったかもしれない。女性とのつきあいは多いので、いちいちおぼえていないがね。しかし、わたしは楽しみをともにした女には、いつもかなりの金を渡すことにしている。これまで、あとで文句をつけられたことはなかった」

「ほら、やっぱりおまえだ」

「しかし、いまになって、なぜ、そうさわぎたてるんです。あまり、うるさいことはやめましょうよ。あしたでも、事務所のほうへ来て下さい。ご満足のゆくよう、話をつけましょう。いったい、あなたは彼女とどういうご関係なのですか」

いささかやっかいなことになったなと、男は思った。内縁の妻だとかなんとか言い出すのだろう。まとまった金を、しぼり取られることになるのかもしれない。まあ、仕方ない。一回だけ渡してやることにしよう。しかし、会話をひそかに録音しておく。また来るようだったら、警察へ連絡してやる。こいつを、つかまえてくれるだろう。

しかし、青年の答えは予想外だった。

「その女性は、ぼくの妹だ」

「そうとは知りませんでした。どんなことをしてでも、つぐないはいたします」

「その言葉を忘れるなよ」

「それにしても、なぜ拳銃などを持ってきたのです。話しあいですむことでしょう。また、妹さんは妹さんではありませんか。その恋愛にまで、お兄さんであるあなたが、あれこれ口を出すいわれはないでしょう」

「それが、あるんだな。妹には恋人があり、婚約まで進んでいた。そして、しあわせになるはずだった。だが、それも、おまえのために、めちゃくちゃになってしまった」

「そうでしたか、申しわけありませんでした。しかし、男性はほかにもいますよ。いい人を紹介してあげてもいい。とにかく、そのぶっそうなものを、しまって下さいよ。なんだったら、わたしが結婚してあげてもいい。しあわせにしてあげますよ。生活に不自由はさせません。女遊びにもあきて、そろそろ身をかためようと思っていたところです」

「くだらんことを、べちゃくちゃとしゃべるな」

青年の声には怒りがこもり、すごみがあった。男はふるえながら言う。

「まあ、とにかく、妹さんと会って話させて下さいよ」

「そうしてもらうつもりだ」

「いつにしましょうか」

「すぐにだ」

「すぐって、こんな時刻なのに……」

とまどう男に、青年は言った。

「いいか。妹は金など受け取らなかった。そのへんにおいて帰ったのだ。そして、そのことでショックを受け、悩みぬき、自分の人生はなにもかも終りだと思い、高いビルの上から身を投げて死んだのだ」

「まさか」

「まさかや冗談ではない。ぼくも妹の婚約者も、なぜ自殺したのかわからなくて、ふしぎでならなかった。しかし、数日前に遺品を整理していたら、遺書が出てきて、そして、なにもかもはっきりした……」

青年はポケットからそれを出した。

「……読んでいて、涙がとまらなかったぜ。恋人とは、本当に純粋に愛しあっていたのだ。その古風なところが、かわいそうでならない。ぼくは、なにかをしてやらねばならないと思った。すなわち、かたきをとってやる以外にないというわけだ」

「そんなこととは……」

「これで、わかったろう」

青年に言われ、男はうなずく。知らなかったとはいえ、ひどいことをしてしまった。この青年は、本気でおれを殺すつもりらしい。むちゃだ、法的にこんなことは許されないなど言っても、そういう理屈は通用しないのだ。

青年は言った。

「そこの窓をあけろ」

「はい」

さからえば、たちまち引金がひかれるだろう。このところは、言う通りにしたほうがよさそうだ。気が変ってくれないとも限らないし、逃げるすきが、みつかるかもしれない。

その窓のそとには、非常階段がついている。青年は拳銃をつきつけてさしずした。

「そこへ出ろ」

「はい」

「階段をあがれ」

「はい」

従わないわけにいかなかった。何段かをのぼる。

「よし、そこで止れ。なぜ、ここまでのぼらせたと思う。妹が身を投げたのと、ちょうど同じ高さだからだ……」

青年は拳銃をポケットにおさめたかと思うと、勢いよく飛びかかってきた。男に組みつき、二人はそのまま手すりの上を越えた。

落ちてから死ぬまでの短い時間、男の頭に感想が浮んだ。まあ、いい人生だったといえるかもしれない。酒も飲んだし、女とも遊んだ。そして、知らなかったとはいえ、ひとりの純真な女性を死に追いやってしまったのだ。悩み苦しんだ上でのことだったにちがいない。彼女と同じ運命をたどるのも、いたしかたないのかもしれない。それに、ただ殺されるのならそいつをうらみたくもなるが、相手はこうして、いっしょに落ちて……。

男の処刑がすんだあと、刑務所の関係者たちが話しあっている。

「まったく、変なやつだったな。ほかにも何人か殺していたことが発覚し、再審となり、死刑が確定しても、平然としていた」

「ああ。なにもかも弁護士まかせだったそうだ。泣きもせず、反省の色もなく、わめきもせず、ただぼんやりしていた」

「できるだけのことはしてやろうと、精神鑑定で処刑の延期をしてやろうとしたこともあったが、返事はほっといてくれだった」

「いつも、夢を見ているような目つきだったなあ。いよいよという時も、覚悟したような足どりだった。あいつなりに、なっとくして死んでいったのだろうか」

「そうなんだろうな。しかし、ああいう立場の者の心のなかの動きなど、われわれにはとても想像もつかないようなものだろうさ」

うるさい上役

その日の朝、おれは会社へ出勤した。

「おはよう」

「や、おはよう」

あちこちで、あいさつがかわされる。そんななかで、おれはつとめて、なにげなくふるまった。内心の不安な感情を、押さえているのだ。しかし、その一方、さっぱりした気分もないわけではなかった。

少しはなれたところにある、上役の机に目をやる。きょうから、もう彼にどなられることはないのだ。さっぱりした気分とは、そのことなのだ。

昨夜のことを思いかえしてみる。

きのうの午後、会社で会議があった。その席上、おれは、われながらすばらしいと思う企画と意見をのべた。しかし、上役はそれを無視した。おれは強硬に主張したが、やはりだめだった。

それが終ったあと、会社の帰りに、上役はおれをバーにさそってくれた。意見を採用しなかったことへの、埋め合せのつもりだろう。そこで飲んでいるあいだは、おれはおとなしかった。しかし、おれの酔い方は、もともと、あまりいいほうじゃないのだ。

バーを出てから、おれは上役にからみはじめた。酒なんかでごまかされないぞと。

「まあ、歩きながら話そう。少し酔いをさましたほうがいい」

と上役は言ったが、おれはさらにつづけた。前々からの不満があふれ出たのだ。

「あなたの考え方は、まちがっている」

「どういう点に関してだ」

「なにもかもだ。もう少し、部下を人間あつかいすべきだ。なさけ容赦もない……」

「企業の世界とは、きびしいものなのだ。いいかげんなことでは、他社に追い越されてしまう。業績も落ちる」

口論になった。たしかに、おれのつとめている会社は景気がよく、したがって給料も悪くないのだが、そのかわり人使いが荒いのだ。この上役は、とくにひどい。牛馬のごとくこき使うという言葉があるが、それ以上だ。いたわりというものが、まるでない。部下を機械あつかいしている。

あれこれ例をあげているうちに、酒の酔いも手伝って、おれはかっとなってしまった。上役のにやにや笑いながら平然としているのが、火に油をそそぐ役割をはたしたのだ。おれはなぐりかかった。それでも上役は、落ち着きはらっている。

「よせ。くだらない。あばれてみたって、なんの解決にもならん」

「いや、こうでもしないと通じないから、やるのだ。思い知らせてやる」

なぐられるのを防ごうと、上役は右手を出した。おれは、その手をつかんで投げとばした。上役のからだは音をたてて歩道に落ち、そして、声を立てなくなった。

「どうだ……」

呼びかけても返事をしない。おれは少し心配になり、身をかがめて顔をのぞきこんだ。気を失ったのかと思ったが、そうではなかった。呼吸をしていない。脈をみる。なんの動きも感じられない。

おれはあたりを見まわした。ここは公園だった。そばにベンチがある。上役のからだを、その上に引っぱりあげる。ぐったりとした感触だった。心臓に手を当ててみる。やはり動いていない。しだいに、つめたくなってゆく。

死んだ。死んでしまった。はじめて、ことの重大さに気づいた。救急車を呼ぶべきか。しかし、そんなことをしても手おくれだ。心臓がとまり、つめたくなりはじめた人間は、どうしようもないだろう。

どうすべきか。あらためて周囲を見まわした。人影はない。さいわい目撃者はいなかったようだ。遠くでだれかが見ていたかもしれないが、夜のこの暗さのなかだ。おれの人相までは、わからなかったはずだ。

早いとこ、この場をはなれよう。そう決断したが、すぐにかけ出したりはしなかった。そうときまったら、慎重に行動しなければならない。証拠になるようなものが、残ってはいないか。調べてみたが、おれの所持品はなにも地上に落ちていなかった。上役の死体や服をいじったが、そういうものに指紋は残らないようだ。つまり、おれの犯行と立証できないのだ。

おれは上役の死体を、ベンチから道の上に戻した。

そして、帰宅した。おれは、マンションの小さな一室に住んでいる。非常口の階段をあがり、だれに会うこともなく部屋に入った。つまらんアリバイ工作など、しないほうがいいのだ。

いつのまにか酔いがさめていた。おれは酒を飲みなおした。大変なことを、しでかしてしまったのだ。飲まずにはいられない。

また、ある意味では、祝杯でもあった。あの人間味のない上役が、この世から消えたのだ。祝杯も、おれの犯行とばれなければのことだが、たぶんばれないだろう。証拠も証人もないのだ。

ばれないだろうとなると、死んだ上役に対して、同情の念さえわいてきた。あいつも、企業のためと思って、あんなふうにやらざるをえなかったのだろう。そう悪い人間じゃなかったのかもしれない。少し度がすぎていただけのことだ。おれは運わるく、その下についたのだし、やつは運わるく、おれの上司だった。もっとも、二度と顔をあわさないですむという実感があるからこそ、こんな感想をいだけるのだろう……。

出勤したおれは、そんなことを考えながら、仕事をした。上役の机はそのままだ。

「無断欠勤とは、珍しいな」

「ああ、これまで二回ぐらいしかない」

机を指さし、そんなことを話しあう者もあった。うるさい上役が来ないので、みな、いくらか気楽になれた。そのかわり、仕事の能率もそれだけ落ちたわけだが。

いつ警察の人がやってくるかと、おれは気にしながら待ちかまえていた。身元不明ではないはずだ。やってこないまでも、連絡ぐらいありそうなものだ。しかし、それはなかった。おれは、ちょっとふしぎだった。あるいは死因を調べるため、解剖でもしているのかもしれない。ころんで頭を打ったという、事故死あつかいになっているのだろう。

殺人の疑いを持ったら、ただちにここにも乗り込んでくるはずだ。それが来ない。おれはいくらかほっとし、帰りにバーへ寄って酒を飲んだ。

その次の日も、おれはいつものように会社へ出勤した。少し遅刻をした。いい気分で、眠りすぎてしまったのだ。

そして、自分の机のそばまで行った時、一瞬おれのからだは硬直した。上役の席に、ちらと目をやったのだ。

なんということ。そこには、あの上役がいるではないか。張り切って、どなっている。

「みな、仕事は進展しているか。だらだらしていると、他社に負けるぞ」

声をたてているから、幻覚ではない。おれはしばらく、椅子にかけて頭をかかえた。おといの夜のことは、なんだったのだ。脈も心臓もとまったことを、おれはたしかめた。つめたくなってゆくのも、ちゃんと感じた。つまり、上役は死んだのだ。

それなのに、いま、あそこにいる。あのあと、殺すほどのことはなかっただろうと後悔もしたし、警察でうるさく調べられるのもいいものじゃない。生きていてくれれば、そんな目に会わずにすむ。そんなふうに考えはしたが、現実に生きて出てきたとは。同情とか反省といった感情は、すっとんでしまった。

おれは、仕事が手につかなかった。

そのうち、上役はおれを呼んで、仕事を命じた。いうまでもなく、その内容はおれの耳に入らなかった。それどころじゃないのだ。上役は言った。

「なに、ぼんやりしている。いつもの元気はどうした」

「はあ……」

「はあじゃ、わからん。どうしたんだ」

「少し気分が悪くて……」

「少しぐらいなら、仕事に熱中すればよくなるものだ……」

がみがみどなられた。これで気分がおかしくならなかったら、どうかしている。二日前に死んだやつにどなられているのだ。この上役に、そっくりの兄弟がいたなんて話は、聞いたこともない。かりにいたとしても、こんなに仕事の指示はできないはずだ。

指示されればやるのが、おれの習性になっている。だから、なんとか仕事を進めたが、悪夢のなかにいるようだった。なにがどうなっているのか、わけがわからない。

ずっとこのままだと、おれの頭は、どうかなってしまうだろう。なんとかしなければならない。

二週間ほどたった。おれは上役をさそった。

「帰りに、わたくしのところで飲みませんか」

「そうしよう。このあいだから、ようすがおかしいぞ。なにか事情がありそうだな。相談に乗ってやろう」

上役はついてきた。マンションの部屋で、おれはもてなした。上役は言う。

「いい酒だ。なあ、わたしが会社でうるさく言うのは、きみたちの将来を思えばこそだ。会社の業績が落ちれば、困るのは、われわれみんななのだ」

皮肉のつもりなのだろうか。とぼけるのも、いいかげんにしろだ。殺した相手にむかって、親切そうになれなれしくするなんて。

おれは不愉快になってきた。それに、ぶきみでならない。いいかげんで、けりをつけるべきだ。

おれは毒薬を用意しておいた。それを酒にまぜてすすめた。こいつはすでに死んでいるのだ。それを殺して、なにがいけない。そうとは知らず、上役は飲みほした。

毒がきいてきて、苦しみはじめる。どんなに巧妙に作られた合成人間のアンドロイドだって、こうまで迫真の演技はできないだろう。まさしく、これは人間の死だ。胸をかきむしり、のたうちまわったあと、ぐったりとなる。

今回が本当の殺人なのだろうか。そうなると、前に投げて殺したのは、なんと呼ぶことになるのだろう。こわごわ、さわってみる。脈はなく、つめたくなりかけている。いったい、どうなっているのだろう。

理解できない現象は、恐怖をもたらす。おれはしばらく動けなかった。しかし、計画は最後までやりとげなければならない。おれはドアのそとの廊下をのぞき、人のいないのをたしかめ、非常階段を使って死体を運びおろし、車につんだ。

運転して郊外へと、夜の道を走らせる。いまにも、むっくり起きあがるんじゃないかと思うと、気が気じゃない。また、スピードに注意した。制止されてなかをのぞきこまれたら、答えようがない。本当に殺したのは二週間前だと答えても、信用してはくれまい。

そのうち、人家から離れた林をみつけた。そこで車をとめ、死体をおろし、林のなかへと運びこむ。適当なところへなげおろし、車へシャベルを取りに戻る。

なくなってるんじゃないかなと思ったが、死体は依然としてそこにあった。ますます、きみわるくなる。手がふるえ、穴を掘るどころではない。土をかけて、それとわからぬようにするのが、せい一杯だった。落葉を集めてきて、その上にふりかける。まあ、こんなところでいいだろう。

帰宅し、グラスなどについている、上役の指紋をふきとった。ここで犯行があったという証拠は、なにもなくなる。これでいいのだ。そのうち、年月があれを身元不明の白骨死体にしてくれるだろう。うまくいけば、永久に発見されないですむはずだ。

翌日、おれはなにくわぬ顔で出勤した。

その日はそれですんだのだが、なんということ、その次の日になると、上役のやつ、出勤してきやがったのだ。そして、これまでと少しも変りなく、仕事を進めるではないか。

おれの頭のなかで、これを理屈で分析しようということが、まったくできなくなった。そのほうがいいのだろう。あれこれ考えはじめたら、とめどなくノイローゼがひどくなり、それは悪化する一方だろう。

それでも、おれはその日の夜、車で一昨日の林のなかへ出かけてみた。土の盛りあがりはなくなっていた。つまり、死体はそこになかったのだ。

あの上役は、超人なのだ。不死身の肉体の持ち主なのだ。そう考える以外にない。

あいつは、ただものじゃない。想像を絶した、超能力をそなえているのだろう。あるいは、小型タイムマシンを体内に埋めこんでいて、死んでもそれ以前の時間に戻れ、生きかえって出現してくるのかもしれない。それとも、宇宙人が化けているのかもしれない。

ようするに、なんだかわからないが、どえらいしろものなのだ。こっちの頭脳では、手におえないやつなのだ。この現実をみとめ、そうあつかう以外にないのだ。

上役はおれに命じる。

「この計画を進めてくれ」

「はい、さっそく……」

二回も殺したというのに、上役はおれを、少しも気にかけていないようだった。なんという寛大な心の持ち主なのだろう。絶大な力があるのだから、おれに罰を下すことだってできるはずなのに。感謝しなければならない。

いずれにせよ、へたにさからわないほうがいいのだ。これからは、忠実につかえよう。きげんをそこなわないよう注意していれば、おれを悪いようにはしないだろう。つまり、上役はおれにとって、神のようなものなのだ。

おれはそれこそ、全身全霊をあげて、上役の指示に従って仕事をした。なにかで気が変ったら、おれはたちまち消されてしまうだろう。さいわい、そんなようすはないが、それはいつ起るかわからないのだ。そのことを考えると不安になり、それを消すには仕事に熱中する以外にない。

働くことが、二回も殺そうとした罪ほろぼしだ。これが罪ほろぼしになるかどうかわからない。しかし、ほかに方法はないようだし、それが上役のお気に召しているようだった。

もちろん、三回目など、考えようともしなかった。それをやろうとしたら、こんどこそ許してくれないだろう。

おれはひたすら、働きに働いた。

三年ほどたち、おれは昇進した。こんなに早く地位があがるとは、思ってもみなかった。事実、前例のないことだそうだ。あれだけ働いたのだからと自分に言いきかせてみるものの、信じられないような気分だった。

そんな、ある休日。おれは、ひとりの中年の男の訪問を受けた。地味だが、きちんとした身なりをしていた。

「あなたさまの上役のかたのご紹介で、おうかがいいたしたわけでございます。わが社との契約に、ご加入下さいませ」

「なんだかしらないが、上役の紹介となると、いちおう話は聞くとするよ」

あの上役のよこした人物となると、追いかえすわけにはいかないのだ。相手は言った。

「どなたでも加入できるというものではないのです。ある地位より上のかたでないと。たぶん乗り気になられるとは存じますが、そうでない場合、秘密は守っていただきたいと思います」

「ああ、守るよ。よそでしゃべって、上役に報告され、きげんをそこねたくないからね。しかし、いったい、なんのことだ」

「じつは、わたくしは生命保障会社の者なのです」

「生命保険なら入っているよ」

「普通の生命保険ではございません。生命保障でございます」

「それは、どういうことなのだ」

おれが聞くと、相手は言った。

「どちらかといいますと、災害保険に近いものでして、万一の時に、かわりを入手できるのです。入手とでも言うほか、適当な言葉がなくて、いつも困っているのです。つまり、当社は、同一のものを提供してさしあげるというわけで……」

「よくわからない。簡単に言ってくれ」

「寿命または病死はどうしようもございませんが、その他の原因で死亡した場合、あなたさまの存在を、ふたたび現実のものとするということなのです」

「そんなことが、できるとは……」

「ご加入いただければ、あなたさまの細胞を少し採取させていただきます。その遺伝子をもとに、当社は高速培養をいたします。すなわち、あなたさまを胎児の状態から現在の年齢まで、短期間のあいだに成長させてしまうのです。双生児を作りあげるといっていいでしょう」

「おれとそっくりの生命体を作るというわけか。なるほど、科学の力をもってすれば、それぐらいのことは可能かもしれない。しかし、それは外見だけが同じというべきだ」

首をかしげるおれに、相手は言う。

「そのうち、わが社までおいでいただきます。あなたさまの脳細胞にふくまれている記憶を、エレクトロニクスの装置によって、もうひとつのほうに移すのです。なにしろ、まったく同じ脳細胞ですから、非常に移しやすい。それに、あなたさまのほうも、それをやったからといって、記憶がへるわけでもない。これで、同一の肉体と同一の記憶とを持ったものが、できあがります。あなたさまと、どこがちがいます」

「そうかもしれないな。その時点では、同じといえないことはない」

「それと同時に、あなたさまのからだのなかに、小型の発信機を埋めこみます。それによって、あなたさまの毎日の体験が、予備のほうにも伝えられるのです。そして、その発信が死を示すと、わたくしどもが飛んで行き、死んだほうを回収し抹消し、予備のほうを眠りからさまさせ、活動させてやるというわけでして……」

おれとまったく同一の予備が、生命保障会社のなかにあって、睡眠学習のような形で、おれの体験を頭に受けとっている。そして、おれの死にそなえて待機している。その光景を想像すると、複雑な気分になる。舞台で役者が倒れると、ただちに代役が出るようなものだ。しかも、この場合、代役は当人と同一なのだ。

「しかし、おれは死ぬわけだろう」

「あなたさまが死んで意識を失いますと、もうひとつがめざめ、意識を持ちはじめる。意識とは記憶の総合です。つまり、あなたさまの意識以外の、なにものでもないわけでございます」

「なるほど、そういうものかもしれないな」

「その実例を、すでに、ごらんになっておられることと存じますが」

「ああ……」

あの上役の秘密は、ここにあったのか。こんなこととは、予想もしなかった。おれがうなずくと、相手は身を乗り出した。

「でしたら、ご加入なさるといいと存じます。あなたさまは昇進なさったことですし、企業の方針と部下の不満との、板ばさみになることもございましょう。そして、悩む悩まないにかかわらず、企業の側に立たざるをえないわけですが、そんな時、ご加入していることの利点となると……」

「わかっているよ」

それは、身をもって知らされている。

「ご理解が早くて、ありがたい。ご加入になられたら、毎月の掛金は同じなのですから、かず多くご活用になられたほうが、おとくでございますよ。そのようなかたほど、業績もあげ、ご昇進も早いようで」

「だろうな。仕事のためなら、命の一つや二つ、いつでも捨てる気になれるのだからな」

「そうですよ。そうお考えにならなくてはいけません」

まったく、こんなしかけだったとは。掛金はかなりの額だが、働けばそれぐらい払える。よし、言われるまでもなく、大いに活用してやるとも。やりかたはわかっているのだ。これからは、部下をさんざんこき使ってやる。しかし、そのなかに、おれを殺そうと考え、しかも実行に移すという、元気のいい人物がいればいいのだが。

ビジネス

　その青年はあるマンションの一室で、優雅な生活をしていた。もう三十三歳で、青年といえるかどうかわからないが、自分ではそう思っていたし、まだ独身だった。といって、女性に興味がないというわけではない。どちらかというと、女性よりも金銭に関心をいだいていたのだ。

　ひとつの時代感覚と商才とにめぐまれていたので、広告代理店を経営し、利益をあげてきた。そのあいだ、適当に女性ともつきあってきたし、そろそろ結婚でもするかと考えている。まあ順調な状態といえた。

　ある日、そとで夕食をすませて帰宅し、ソファーにかけてぼんやりしていると、玄関のチャイムが鳴った。

　ドアをあけると、四十歳ぐらいの、見おぼえのない顔の男が立っている。

「どなたです」

「じつは、重要なお話が……」

「困りますよ、こんな時間に。どうせ、なにかを売り込もうというんでしょう」

「ちがいますよ。ひとつ、お話をお聞き下さい。そうすれば、あなたさまにとって、いかに重要なことか、おわかりいただけましょう」

言葉づかいはいやにていねいだったが、ただのセールスマンではなさそうな感じだった。また、どことなく迫力もあった。青年は言った。

「じゃあ、聞いてあげましょう。しかし、簡単にたのみますよ」

「おっしゃるまでもありません。わたくしも簡単にすませるつもりでおります。では……」

男はなかに入ってドアをしめた。

「じゃあ、その椅子にでも……」

「いえ、立ったままにいたします」

「ぼくはすわらせてもらうよ……」

青年は椅子にかけ、男を見あげて聞いた。

「……いったい、どなたです」

「名前を申し上げても、しようがないでしょう。わたしは殺し屋なのです。この道では経験が長い。プロの殺し屋なのです」

「冗談はよしてくれ」

「どうお思いになろうと、それはご自由です」

「しかし、いずれにせよ、ぼくはそういう商売の人に縁はないよ。たのんで消したい人など

ない。お帰りになって下さい。時間のむだです」

「そう早のみこみなさっては……」

「なぜだい」

「弱りましたな。どこからお話し申し上げたものか。つまりでございます。殺し屋が正体をあきらかにするのは、ご注文を受ける場合と、それを実行する場合、その二つというわけでございまして……」

それを聞き、青年は少し考え、つぶやくように言った。

「まさか……」

「お気の毒ですが、その、まさかなのでございます。それ以上の大きな声を、お出しにならぬように。変なそぶりをなさったりすると、わたしはすぐ仕事にかかり、片づけ、引きあげるということになります」

青年は、まだ事態を信じられなかった。あらためて相手を見る。地味な服装で、すきのない身がまえだった。右手を上着のポケットに入れている。そこで、なにをにぎっているのかはわからないが。

「いったい、なぜ……」

「これは、ビジネスなのでございます。郵便のようなもの。弁護士のようなもの。いや、世の中にいくらでもあるビジネスと同じです。お金をいただき、依頼がなされる。その結果として、ことがおこなわれる。それがすべてでございます。理屈もなにも、ございません」

「むちゃだ……」

青年はつぶやきながら、こいつにこんなことを依頼したのはだれだろうかと、あれこれ考えた。だが、ぜんぜん心当りはなかった。そりゃあ、だれかにきらわれていることは、あるかもしれない。しかし、殺されなくてはならないほどの、うらみを買っているようなおぼえはない。しかし、自分では気づかぬなにかで、こんなことになったのだろうか。ぶきみで、いやな気分だった。また、同じことをつぶやく。

「……むちゃだ」

「わたしの知ったことでは、ございません。いやな電話がかかってきたあと、電話機に文句を言うようなものでございます。ご不満を、わたしにむけてはいけません」

「だれだ、ぼくを殺せとたのんだのは」

「お知りになりたいでしょうが、それはお話しできません。これはビジネスなのでございます。それを申しますと、うらみの念がこの世に残り、依頼主のところへ亡霊が出現しかねません。仕事を引き受けたわたしとしては、お得意に迷惑をかけることになります。そんなこと、かまわないじゃないかともいえますが、わたしとしてはアフター・サービスのつもりでおります。プロとしての誇りといったようなわけで……」

「そういうものかねえ……」

からだを動かしかけた青年に、相手は言った。

「おっと、お動きにならぬよう。非常ベルでも押されたら、困るのです。ナイフ、ハサミのようなものにも、お手をのばさぬよう。それだけ最後が早められてしまいます」

「どうもがいてもだめなのなら、なぜ部屋に入ったとたんにやらなかった。かえって残酷だ。じわじわ殺すのが、あなたの好みか」

「そこが意見の分れ目でしてね。といっても、自問自答してですがね。人間というものは、瞬間的に死ぬものではございません。せめて、酒をもう一杯だけ飲みたかったなんて、息を引きとる前に言う人もございました。人ちがいじゃないのかと、死んでも死にきれないようなことを言う人もいます。もっとも、すべてそうしているのではございません」

「というと……」

「わたしは人物を拝見しまして、この人はどっちがいいかと、だいたい見わけがつくようになりました。身におぼえがあるような人には、不意うちのほうを選びます。心のすみで、だいたい覚悟をなさっておいでのようですから。しかし、見わけるといっても、完全ではございません。あなたさまが不意うちのほうをお好みだったとしたら、わたしの見そんじということになります」

「不意うちは、ごめんだね」

「なにか最後になさりたいことは、ございますか。ある限界内でしたら、なさってけっこうです。警察へ電話なんてたぐいがだめなことは、お察し下さい。なにかございませんか。タバコを味わうとか、恋人の写真を眺めたいとか。日記になにかを書き残したいとか。ただし、これも最後のページはだめですよ。書きたい文章をおっしゃった上で、何日か前のところへ入れて下さい」

「しかし、そう急に言われても、すぐには思いつかない。そりゃあ、やりたいことはたくさんあるさ。しかし、どうせ全部をやらせてはくれまい。考えさせてくれ。タバコを吸いながらでいいか」

「どうぞ。しかし、ゆっくりした動作でね。投げつけようなんていう気になられたら、困りますんでね。これを使って下さい」

男は左手をポケットに入れ、マッチを出して投げてよこした。それをすって、青年はタバコに火をつけた。

しかし、なにをしたものか、まるで思い浮ばない。こんな目に会うなんて、これまで夢にも思わなかった。まだ、現実のことと感じられないのだ。

「人ちがいじゃないのかい」

「プロでございます。そんな初歩的なミスは、いたしません」

「いったい、あなたは本当の殺し屋なのか」

「それは、まもなくおわかりいただけましょう。なさりたいことは、そのタバコだけでよろしゅうございますか」

男はつぎの動作にとりかかろうとし、青年はびくりとして言った。

「ま、待ってくれ。ただ、聞いてみただけさ。まだ、信じられない」

「お目にかけましょう。この通り、料金を受けとっているのでございます。やらざるをえないというわけで……」

男はまた左手を使い、内ポケットからちょっとした札束を出して見せた。どうやら、事態は確実に悪いほうへと進行しているらしい。かなわぬまでも、抵抗してみるか。しかし、だめだろうな。相手はプロなのだ。勝てるみこみは、ないにちがいない。

大声で叫んでみるか。しかし、このマンションの壁は厚いのだ。なにか話しかけて、少しでも時間をかせぐことにしよう。すぐ死ぬなんて、たまったものじゃない。

「犯罪組織かなにかに属しているのか」

「そんなものに入っていたら、目をつけられ、かえって発覚しやすいものなのです。わたしは個人営業。このほうがいいのです。仲間われの心配もなく、分け前でどうのこうのということもない」

「あなたは、人を殺すのが楽しいのか」

「とんでもございません。だからこそ、良心をごまかすために、このようにお金をいただいて、ビジネスだと……」

「しかし、仕事なら、ほかにいくらでもあるはずだ」

「たしかに、そこは問題ですな。鋭いご指摘だ。いい収入で、無税という点が魅力です。しかし、あるいは、わたしは内心、いくらか楽しんでいるのかもしれません。その現実を見つめたくないので、それをごまかすため、仕事なのだと自分に言いきかせ……」

「あなたの本心は、人を殺すのをいやがっているはずだ。そうにきまっている」

「道徳論はいけません。あと戻りはできないのです。わたしは殺し屋の道を選んでしまった。金で技術を売っているのでございます。需要があれば、供給がうまれる。あらゆる商売にあてはまる原則でございます」

「殺し屋にしては、言葉がていねいだな」

「黒い服に黒の帽子、黒いネクタイにサングラス。そのうえ、すごんだ口調になってごらんなさい。目立ってしまいますよ。おどかすだけが目的なら、それがいいでしょうが……」

　いっこうに好転しそうにない。しかし、なんとしてでも、最後の瞬間は先へ伸ばさなければならないのだ。それには、しゃべりつづけなければならない。なんでもいいから……。

「さっきから、ビジネスだ、営業だ、技術だなどと言っているな」

「はい。そう割り切っております」

「だったら、相談に乗ってくれ」

「なにをおっしゃりたいのです」

「ぼくは、さっき見せてもらった金より、たくさん払う」

「そんな申し出は、はじめてでございます」

「商売なら、利益の多いほうを選ぶのが当然だろう」

「しかし、すでに引き受けてしまっておりますのでね」

相手は首をかしげる。青年は、ここでがんばらなくてはと必死だった。かすかだが、助かる手がかりをつかんだような感じなのだ。

「ぼくは、それ以上の金を渡すんだ。あなたは、依頼人のところへ行って、もらった金を返し、その上で殺して下さい。そうすれば、職業意識が傷つくこともないでしょう。それでこそ、ビジネスです。プロです。技術をより高価に売るわけです。みすみす損な商売をやって、なにがビジネスです」

「理屈ですな。しかし、それ以上の金を現実にお持ちかどうかが問題でしてね。いまはないが、二、三日中につごうするじゃ、お話になりません。わたしが帰ったとたん、警察を呼ぶにきまっています。わかりきったことでしょう。わたしは、現金しか信用しない性格でしてね」

「わかっているよ。金はそこの、小型金庫のなかにある」

「じゃあ、あけていただきましょうか。非常ベルつきの金庫ではなさそうだ。しかし、念を押しときますが、おかしなまねをなさらないように」

「しかし、あなたのほうはどうなんです。金庫をあけたとたん、金は巻きあげ、そのうえ、ぼくを殺すなんてことは……」

「なにをおっしゃる。わたしは殺し屋のプロです。強盗じゃない。あんなのといっしょにされては、迷惑です。その気だったら、最初から、金を出せと要求してますよ。そもそも、強盗は、つかまる可能性が高いんです」

青年は金庫をあけた。さっきの金より多いことを祈りながら、ありったけを出して、重ねてみる。相手の見せたのより、厚そうだった。

「どうです、あったでしょう。こっちのほうが多い。数えてみますか。にせ札かどうか、調べてごらんになりますか」

「その必要はないでしょう。たしかに多いようですな」

「さあ、これをあげるから、ぼくの側に立ってくれ。先に依頼された人への信用ということが気になるかもしれないが、ぼくのたのみを実行に移せば、問題はなくなる。悪評のひろまることもない」

「お望みのようにしてさしあげてもいいのですが、よろしゅうございますか。いま、この時から、あなたは殺し屋をやとって、他人の命を消すという立場に立つんですよ」

「そんなこと、どうこう言ってる場合じゃないだろう。こっちの身にもなってくれよ。早く、その依頼人をやっつけてくれ。だれだか聞いてなくて、かえってよかった。気がとがめなくてすむ」

「ご注意しておきますが、あとで気が変って、警察へとどけてもだめですよ。あなたも共犯なんですから」

「わかっているよ。なにがなんでも、生きていたいんだ。やるか、やられるかだ。正当防衛だ」

「そんな弁解は通用しませんよ。そのお金をいただき、依頼人との契約を解除したとたん、あなたも殺人の共犯になるんですよ。この点をお忘れにならないで下さい」

「いいとも。忘れたりはしないよ。悪魔に魂を売ったって助かりたいんだ。あなたはプロなんでしょう。へまをしないわけだ。だったら、発覚することもない。ぼくが自分で、他人にしゃべるわけがないし」

「では、お金をいただくとしますか。あ、申し上げるのを忘れてましたが、これは半金ですよ。成功したあと、同額をいただくことになっております。普通ですと、まず先にお話しするのですが……」

「わかったよ。用意しておくよ」

「では、また、そのうちに……」

相手は用心ぶかく後ずさりし、玄関から出ていった。

青年はほっとし、大きくため息をついた。まだ、悪夢のなかにいるようだった。しかし、やがて命が助かったのだという実感がわいてくる。考える余裕もでてきた。あれは、本当の殺し屋だったのだろうか。たぶん、そうなのだろうな。金が目当てだったら、あいつも言ってたが、てっとり早く強盗をやればいいわけだ。

それにしても、金があってよかった。なかったら、どうなっていたかわからない。青年は現金の力を、あらためて感じた。死ななくてすんだのだ。あしたでもさっそく、あいつがいつ来てもいいように、あとの半金を、用意しておこう。チップとして、いくらか余分にやったほうがいいかもしれない。助かった上に、こっちの死を望んでいるやつを、消してくれるのだ。

数日後、れいの男がやってきた。

「ごめん下さい」

「あいさつなんかいいよ。あなたには、お礼の申しようもない。あとの半金は用意してあるよ」

「じつは、そうもいきませんので。まず、このあいだのお金ですが、いちおう、お返しいたします」

「おいおい、やりそこなったのか。それじゃ、話がちがうぞ。プロともあろう人が」

「やりそこなう前の段階なのです。あなたが、ビジネスに徹しろなんておっしゃったのがいけないのでございますよ。先方へ、金額が少ないと解約を申し出たところ……」

「そんなよけいなことは言わず、ばっさりやればよかったのに」

「やってから、金をポケットに押し込むんですか。そうはいきません。これは変な殺人だと、よけいな疑問を残すことになります。まず、相手に金をしまわせてでないと……」

「プロのビジネスとなると、あつかいがやっかいだな。で、その金をぼくが受け取ると、むこうの依頼が実行されるってことかい」

「そういうわけです。うそかどうか、ためしにやってごらんになりますか」

「とんでもない。いやだよ。さあ、あとの半金がここにある。これを渡す。そのうえ、余分にこれだけあげる。こないだのとこれを合わせたのが、手付金だ。成功したら、それと同額をあとで渡す。それでどうだ」

「まあ、なんとか、その線でやってみましょう。たぶん、うまく行くと思いますよ」

「たぶんじゃ困るよ。確実にだ」

「わかりました、ご期待ください」

その男は引きあげていった。青年は思いついて、そのあとをつけてみた。しかし、人ごみのなかに見失ってしまった。じつに巧妙で、いかにもその道のプロといった消え方だった。

部屋に帰って、青年は考える。どうもいやな予感がする。うまくゆけばいい。しかし、どこかにいる、ぼくをねらった依頼主だって、必死だろう。あきらめて死んでくれるとは、思えない。新展開にとまどいながらも、いかなる手段に訴えてもと、金をつごうするだろう。

そして、あいつは、またやってくるかもしれない。こっちだって、その対策を考え、金を用意しておかなくてはならない。となると、最後はどうなる。これがつづいたら、破産か死だ。なぜ、そんな目に会わなくてはならないのだ。ぼくが、どんな悪いことをした。こんな、わけのわからない泥沼に落ちこんでしまうなんて。

警察へ行って話すか。いや、それはだめだ。すでに、殺し屋に金を渡してしまっている。今度はうまくやってのけるかも、しれないのだ。そうなったら、もはや手おくれ。本来、こっちは被害者なんだが、加害者ということになってしまう。あっちの依頼主の名を聞いておけば、未然に防げるかもしれない。しかし、それももう不可能なのだ。いったい、どうすればいいんだ……。

玄関のチャイムが鳴った。

「ごめん下さい」

その声で、れいの男とわかる。

「あいてますよ、どうぞ。お入り下さい」

「では、おじゃまいたします。さて、なにからお話ししたものか」

「ゆっくり聞かせてもらいますよ。しかし、その前に、まずワインでも一杯、どうです。ぼくも飲みたいし……」

「これはこれは。わたしも、きらいなほうじゃないんでして。重要なお話の前ですので、話しやすくするために、少しいただいてからのほうが……」

その男は、左手でグラスを持ち、口にした。右手はいつものように、ポケットに入れたまま。それが癖になってしまっているようだった。

毒のききめはすばらしかった。相手は顔をゆがめ、そのとたん、ばったり倒れた。青年はうなずく。これでいいのだ。これ以外に方法はなかったのだ。なにはともあれ、これでひとまず、当面の問題は片づいた。死体のしまつは、ゆっくり考えて……。

その時、チャイムの音もなくドアが開き、ひとりの男が入ってきて言った。

「警察の者です。ちょっと……」

となると、ことわりようがない。

「……おや、死んでますな。こいつを街でみかけ、なんとなくぴんときた。いかに目立たぬようにつとめても、長いあいだこの仕事をやっていると、どこかおかしいと、わかるんですよ。そこで尾行したら、この部屋へ入ったのです。しかし、このありさま。あなたのほかには、だれもいないようですな。警察まで、いっしょに来ていただきましょう」

青年は連行され、留置場へ入れられた。

つぎの日、取調べとなる。青年は言った。

「教えて下さい。あの男、ポケットに大金を持っていましたか。凶器はどうです。それを使用した形跡は……」

警察官は顔をしかめた。

「そんなこと、容疑者に教えるわけにいかないよ。調べているのは、こっちなんだ。いったい、あなたに殺されたらしいあの男は、だれなんです」

「名前は知りません」

「知らないだと。あれだけ犯行がはっきりしているのに。しらをきる気だな。ひとすじなわではいきそうにないな。じゃあ、まあ、ひとつお話をうかがうとするか。どんなとてつもない弁解が出てくるか、お楽しみといったところかな……」

運命

あるマンションの、小さな一室。青年は、そこのベッドの上で目ざめる。ここが彼の住居。まだ独身なので、そう広い必要はないのだ。しかし、なかなか高級で、浴室にはシャワーの設備もある。彼はそこで熱いお湯をあびる。アルコール分がからだに残っており、それを追い出すには、これが一番なのだ。最後にお湯を水に切り換えると、かなりさっぱりする。ついでに、ひげもそる。

そして、朝食。何杯かのコーヒーとパンと、冷蔵庫から出したくだもの。食後に歯をみがきながら、彼はつぶやく。

「きょうは何人ぐらい、診断することになるのだろうな……」

めんどくさいだの、いやだのは言っていられない。仕事は、休むわけにいかないのだ。彼は服を着て出勤する。

事務所のあるビルまで、約一時間。部屋のドアの前には、すでに五人ほどが列を作って待っている。みな、すがりつくような目で青年を迎え、軽く頭を下げてあいさつする。

青年はカギでドアをあける。ふと、カギなんか不要かもしれないなと思い、にが笑いする。

なかには盗まれて困るようなものなど、なにもないのだ。

そのドアには小さく〈運命予測診断所〉と書いてある。そっけなく目立たない文字だが、多くの人を集めるだけの実績と信用とを持っているのだ。室内は二つに区切られていて、手前が待合室、その奥に診断室がある。青年は、待っていた人たちに声をかける。

「さあ、最初のかた、どうぞ。あとのかたは、待合室で順番どおりお待ちになって下さい」

診断室といっても、机と二つの椅子があるだけのこと。青年はそのひとつにかける。最初の客は、女子高校生だった。

「あの、ここのすごい評判を聞いて、朝はやく家を出てやってきたんですけど……」

青年は、相手に椅子をすすめながら聞く。

「で、悩みごとはなんでしょう」

「普通の占いだと、過去のことから当ててゆくけど……」

「そんなことは無意味でしょう。時間のむだです。あなたは未来を知りたがっているし、わたしにはその能力がある。それで充分でしょう。それに、正直なところ、わたしには過去を当てることはできないのです」

「はっきりしてて、いいわね。問題は、来年の受験のことなんですけど、合格するでしょうか……」

と彼女は志望の大学の名をあげる。青年は目をとじ、しばらくして開き、そして、答える。

「むりです。ほかの大学なら合格しますが、その大学は落ちます。しかし、一年後でしたら、お望みの大学に合格します」

「つまり、一年浪人すれば大丈夫ってことなんですか」

「いい気になって遊んだりしたらだめですが、まともに勉強をつづければ、確実です」

「どうしようかしら」

「それは、あなたのおきめになることです。念のために申し上げますが、どうやってもストレートには入れませんよ。ほかの大学をめざすか、一年待って志望校に入るかの、どちらかです。お帰りになってよく考えておきめになったらどうですか」

「そうしますわ」

女子高校生は、代金を払って帰ってゆく。

「おつぎのかた」

呼ばれて入ってきた三十歳ぐらいの会社員は、早口でしゃべりはじめる。

「すばらしい。ありがとうございます。お礼の申し上げようもございません。こちらの予言は、本当によく当ります。おかげさまで……」

「どんなことを申し上げましたかな」

「上役の失敗の責任を押しつけられそうで、どうしたものかと、ご相談を持ちかけました。わたしその時、気が進まないことだろうが、がまんしてそれをひっかぶれとの指示でした。わたしは、それに従いました……」

「そうでしたか。なにしろ、お客さまが多く、いちいちおぼえていられませんので」

「わたしは忘れませんよ。いやいやながら、じっとそれに耐えたのです。すると、どうでしょう。今回、社内監査があり、なにもかもはっきりし、上役のその課長は左遷、わたしがその後任に昇進したのです。まさに、ぴたりです」

「そうでしょう。まあ、けっこうでしたね」

「どうして、ああもよく、おわかりになるのです」

「目をとじると、その人の未来が見えてくる。それだけのことですよ」

「すばらしい能力ですね。占い師は世の中にたくさんいるが、こうまでみごとに的中させる人はいないでしょう」

「まあね。もっとも、わたしのは占いとちょっとちがいますがね。とにかく、喜んでいただけて、診断したかいがあったというものです」

青年はあいそ笑いを浮かべる。客商売なのだ。相手に悪い印象を与えてはならない。会社員は、封筒を出した。金が入っているらしい。

「これは、そのお礼です。ボーナスの半分です。さし上げないと気がすみません。わたしは人生の転回点を、うまく乗り切れたのです」

青年はなかを調べもせず、それを受け取り、ポケットに入れながら言った。

「では、いただいておきます。ついでに、今後のことも見てあげましょうか」

「お礼のために、おうかがいしただけです。いまは、なにもかも順調。とくに悩みはありません。そうそう、海外出張で、南のほうへ一週間後に出発いたします。やっかいな商談ではありませんから、たぶん、うまくゆくでしょう」

「まあ、ちょっとお待ちを……」

青年はしばらく目をつぶってから言う。

「……いけませんな。あなたは、食中毒にかかります。それも、かなりの重症。へたをすると……」

「え、本当ですか」

「お疑いなら、ご自由に」

「いいえ、信じますよ。では、どうすれば助かるでしょう」

「出発をさらに一週間のばせば、大丈夫です」

「そうですか。しかし、会社には、どう口実をもうけたらいいものかな」

「それは、あなたのお考えになることですよ。しかし、予定どおり出発したら、どうなっても知りませんよ」

「わ、わかりました。なんとかします。そんな目には、会いたくありません。ありがとうございました」

会社員は帰ってゆく。

机の上の電話が鳴り、青年は受話器をとる。

「はい。……いえ、当方は予約制ではありません。おいでになってみて下さい。……どれぐらい待つかですって。わたしにも、わかりませんよ。その日の、お客さんの数しだいです」

電話を切ると、つぎのお客が入ってくる。若い女性。

「あの、じつは結婚についてなんですけど……」

「どんな状態にあるのですか」

「いま、ある人とかなり深くつきあっているんですけど、うまくゆくかしら」

青年は目をとじ、それから答える。

「よくありませんね。その人は、やがて会社の金を横領して、刑務所に入ります」

「まあ、そんな人とは知らなかったわ。あたし、だまされていたのね」

「これは将来のお話ですよ。だから、だまされてるといえるかどうか」

「じゃあ、どんな人とならば……」

「半年ほどお待ち下さい。親類のかたから、縁談が持ちこまれます。そうハンサムとはいえませんが、やがてかなりの人物になる。家庭的にもうまくゆき、幸福そのものといった生活ができましょう」

「いまの人との関係、あとで問題にならないかしら」

「その点はご心配なく。なんの証拠も残っていないのですから」

「あら、そうだわね。じゃあ、おっしゃる通りにするわ。だれだって、幸福のほうを選ぶべきよね。どうもありがとう」

そのドライに割りきった女は、金を払って帰ってゆく。青年は金をポケットに突っこみ、待合室に声をかける。

「では、おつぎのかた」

入ってきたのは、五十歳ぐらいの男。

「じつは、妙な悩みごとなのですが……」

「どうぞ、ご遠慮なく。待合室に掲示してあるように、経済変動とギャンブルに関したこと以外なら、なんでもですよ。この二つをやりますと、社会が混乱しますのでね。個人的なことなのでしょう」

「はい。じつは、このごろ夜中に、いやなことが起るのです。どこからともなく陰気な顔つきの老人があらわれ、寝ているわたしの胸の上にのっかるのです。おそろしさと苦しさで目がさめ、汗びっしょり。一週間ほど前から、毎晩そうなのです。どうしたらいいでしょう」

「お待ち下さい……」

青年は目をとじてから答える。

「……まあ、あまり気にしないことですよ。三日ほどで、それは消えますよ」

「どうして、そう断言できるのです」

「まず、三日後のあなたを見てみました。すやすや安眠なさっています。一カ月後、一年後までも見てみました。いずれも同様です。つまり、これから一年間、あなたは無事というわけです。今夜のことは、やってやれないこともないんですけど、時間がかかります。三日後から安眠できるんですから、それでいいでしょう」

「はい。しかし、あの老人はなんなのでしょう。ただごととは思えませんが」

「わたしは霊媒じゃありませんから、その説明はできません。あなたの未来がわかるだけです。その結果が、いまのお答えです。三日後にまだつづくようでしたら、お金は倍にしてお返ししますよ。もっとも、はずれたから返せと言ってきた人は、これまでひとりもいませんがね」

青年が言うと、相手はほっと息をつく。

「そうですか。それで安心しました。このままだと気が狂うんじゃないか、あれは死神なのじゃないかと、自殺まで考えたところでした」

「ここへおいでになる気になられたことで、あなたの運が変ったのです。そうならなくて、すんだわけですよ」

「あなたは、すばらしい能力をお持ちだ。うらやましい。いったい、どうやってそれを身につけられたのですか」

「うまれつきのものですから、解説のしようがありません。目をつぶると、その人の未来がしぜんに見えるのです。秘法にしておくつもりなどないんですが、なにしろ他人に教えようがないのでね」

「あなたのおかげで災難をのがれた人は、多いんでしょうね」

「かなりの数になるでしょう。一カ月あとに、乗っている船がひっくりかえる。そう見えれば、指示を与えます。その時に船に乗らなければ、死にようがありませんからね。みなさん、死にたくないから、そうしているようですよ。無視なさったかたがどうなったかは、忙しくて調べているひまがありませんが……」

「人助けですね。すばらしいことです。まさに神さまだ」

「そんなことは、ありませんよ。これが商売で、お金をいただいているのです。適材適所の仕事というわけでしょうね」

お客は、つぎつぎと来る。電話で近所から簡単な昼食をとりよせ、そのため三十分ほど休むが、そのあとも、お客お客なのだ。

しかし、青年は疲れない。目をとじさえすれば、相手の未来がわかる。それを言うだけでいいのだ。災難をさけるためにどう指示を与えればいいのかは、これまで何回となくやってきたことなので、こつはすっかり身についている。

五時になると、事務所をしめる。

「すみませんが、あとのかたは、あしたにして下さい」

ドアにカギをかけ、ビルを出る。やっと一日の仕事が終ったのだ。青年は豪華なレストランに入る。ポケットには、かなりの金が入っている。値段など気にせず、好きなものを食う。味が舌にあわないと、べつなものを注文する。

それから、バーを飲み歩く。とくに行きつけの店があるわけではない。足のむくまま気のむくまま、入ってみる。つまらなければ、金を払ってすぐ出ればいいのだ。

女の子が話しかけてくる。

「景気がよさそうね」

「まあね」

「お仕事はなんなの」

「自由業ってとこかな」

こういうところでは、決して目をつぶらない。それをやると、前にいる女の子の未来が見えてしまう。注意だってしたくなる。しかし、いまは自分のための時間なのだ。楽しまなければならない。

「もう、ずいぶんお飲みになったようよ。からだに悪いんじゃない」

「大丈夫さ」

キャバレーまで足をのばすこともある。そのあいだに、どこかで女をくどき落す。なにしろ金はたっぷりある。そして、金を欲しがる女も、どこかにいるのだ。

ホテルへ連れ込み、ベッドの上で適当に楽しむ。その時でも、青年は目をつぶらない。仕事のことを忘れたいからこそ、こうしているのだ。

「きみは、朝までここにとまっていっていいぜ」

支払いをすませ、青年は帰宅する。そして、また酒を飲み、はきすてるようにつぶやく。

「きょうも、いろんなやつらが来たものだ。まず、女の高校生。いずれにせよ、大学には入れるわけだ。つぎは会社員だったな。めでたく昇進しやがった。それに、食中毒にもならんですむとくる。そのつぎは、ちゃっかりした若い女。幸福な結婚で、おめでとうか。まったく、どいつもこいつも、しあわせなやつらさ。妙な悪夢を見る初老の男もやってきたな。来なければ、きょうかあすの夜で、自殺したかもしれない。金を持ってくるのだから文句もいえないが、みなさん、危難をのがれ、いい人生をたどりやがる……」

青年は手のグラスを鏡にむかって投げつける。これが彼の癖なのだ。しかし、なにも割れない。鏡は特別製の丈夫なやつで、グラスはプラスチック製。いちいち割れていたら、あと片づけがやっかいだ。

「……そんなぐあいに、他人のことなら、いやになるぐらい正確にわかるのに、こと自分のこととなると、なにひとつわからない。鏡にむかって何回、目をつぶってみたことか。しかし、なんにも見えないのだ。こんなひでえ話って、あるかい。いつ事故にあうかわからんし、いつ病気になるかもわからん。あいつは景気がよさそうだと、あとをつけられ、殺されて金を奪われることだって、ないとはいえない。その予防すらできないのだ。いまのような毎日をすごしてていいのかどうかも、わからない。一寸さきは闇。なにがすばらしいだ、なにがうらやましい才能だ。こんなやりきれないことは、ないぜ。そして、皮肉なことに、金だけはむやみと入ってくる。酒と女のその日ぐらし以外に、どうしようもないじゃないか」

お願い

ぱっとしない中年の男がいた。きわめて平凡で、これといった魅力は、まるでなかった。そのため、妻は数年前にあいそをつかし、出ていってしまった。子供でもあれば、それに望みを託すということもあったのだろうが、こんな男と毎日をすごすのでは、たまったものじゃなかったのだ。すなわち、いま彼はひとりぐらし。安アパートに住んでいる。

会社でも、昇進のみこみはなかった。くびにならないのが、ふしぎなくらい。企業としては、こんなのをひとりぐらいおいておくほうが、いいのかもしれない。万一の不祥事の時、因果をふくめて責任を押しつける対象が、あったほうがいいのだ。しかし、当人はそんなことに気がつかず、熱心に働いているつもりでいた。

ある日、男は会社からの帰り道で、呼びとめられた。

「もしもし」

「はあ……」

声の主はと見ると、年齢の見当のつかない男性が立っていた。頭髪は黒々としていた。しかし、もしそれが白かったら、三十歳ぐらいはふけて見えるだろう。そいつは、かすれた、かん高い小声で言った。

「よろしかったら、一杯おごらせて下さい。すぐ近くに、静かなバーがございます。そう高くはありませんから、お気になさることはございません」

あいそ笑いを浮かべている。鋭い目をしているが、目じりにはしわがたくさんある。えたいのしれない人物だ。ただものでないという印象を受ける。

「どなたですか」

「そういったことについて、いろいろとお話をいたしたいわけで……」

「そうですか。わたしも、ほかに急用があるわけでもありませんし。では、お言葉に甘えて……」

男はついていった。帰宅したって、面白いことは、なにもないのだ。それに好奇心も高まってきた。そのバーに入り、すすめられるまま一杯を口にし、男はおもむろに聞いた。

「……で、ご用件は……」

「あれこれ持って回った前おきは抜きにして、すぐ本題に入らせていただきます。いかがでしょう。魂をゆずってはいただけないでしょうか」

「え……」

「いえ、すぐにどうのこうのというわけではございません。死んでからで、けっこうなのです。つまり、そのお約束をしていただければいいのでして。当方としては、あなたさまの人生が終ったあと、魂をいただければよろしいのです」

「なんですって。ははあ。すると、なにかで読んだか、話に聞いたことのある……」

「そう、わたしは悪魔でございます」

「とんでもない。死ねばなにもかも終りなんだろうが、魂を悪魔に渡すなんて、どう考えたって、あまり気分のいいことじゃないぜ。おことわりだ」

「まあまあ、そう早がってんなさらないで下さい。ちょうだいするからには、ただでとは申しません。ご希望を、三つだけかなえてさしあげます。つまり、前払い。確実な取り引きでございましょう」

「なるほど、三つの願いか……」

男はうなずいた。それも聞いたことがある。悪魔は話をつづけた。

「ご存知となると、お話ししやすい。しかし、願いと申しましても、常識の範囲内でございますよ。独裁者にしろの、大財閥の当主にしろの、核ミサイルの発射係にしろのというたぐいは、困ります。むりにとおっしゃられれば、なんとかならないこともございませんが、こういうのは、当人のためにもなりません。一般のかたがたの場合は、ほどほどといったところが適当というわけでして」

「そういうものかもしれないな。独裁者になれば、暗殺の危険がともなうだろうし、財閥をまかされても、どう運営したものかわからない」

「そういうことでございますよ。どんなものでしょう、すなおな若い美女なんてのは。いま、おひとりでしょう。生活にご不便なのではございませんか。出ていってしまった奥さんなんかより、はるかにすばらしい女性をお手にできるんですよ」

「悪くないな。時どき、そうなってくれればいいなと、空想することがあるよ」

「でしょう。そして、つぎは、まとまったお金……」

「なるほど」

「この順序を、逆にしてもよろしいのですよ。そんなことで一段落したら、いずれ、また新しい欲求も出てまいりましょう。そんな時、わたくしがすぐさま出現し、かなえてさしあげるというわけです」

「それで終りか」

「それだけ実現すれば、けっこうじゃありませんか。あとは天寿をまっとうなされればいいのです。死期を早めたりはいたしませんし、わたくしに、そんな力はないのです。悪魔は無限の時間を持っていますので、決して急いだりはいたしません。果実の熟すのを待つようなものです。願いの実現という契約者へのサービスは、いい果実になってもらうための、手入れのようなもので……」

「なるほど」

「ちょっとした超能力なんてのも、ご希望なら身につけさせてさしあげますよ。勝負事での勘が、普通の人よりよくなるというやつ。便利ですよ。どえらい超能力となると、あまりいいものでなく、おすすめできませんが」

「そういうものかもしれないな」

「ね。このまま平凡な人生を送るよりは、ずっとすばらしいと思いますがね」

悪魔はなかなか話がうまかった。言うことがいちいちもっともだ。男はふと思いついて聞いてみた。

「いったい、あなたは本当に悪魔なのか」

「さようでございます。ご契約なさってみませんか。よし、まかせた、とおっしゃるだけでいいのです。そして、願いごとを口にしてごらんなさい。それは、すぐに実現いたします。なによりの証明でございましょう。わたくしだから、できることでございます」

「そういえばそうだな」

「だめで、もともと。もっとも、そんなことは、決してございませんがね。ね、お疑いになることなど、ございませんでしょう。いいチャンス。さあ、思い切って、いまの平凡な毎日におさらばを……」

「まあ、少し考えさせてくれ」

男はさらに一杯を注文し、それをゆっくりと飲んだ。

「お酒がお好きなようですな。そうそう、生きているあいだお酒に不自由したくない、そんなご希望でもいいんですよ。楽しいじゃありませんか。値上りなんかこわくない、です」

「ううん」

「さあ、なにを遠慮なさっているんです。ひとことおっしゃっていただければ、そのとたん、人生が明るく、楽しく、はなやかなものになるんですよ」

まったく、悪魔はすすめ方が巧妙だった。巧妙きわまる。男はそこに少し気になるものを感じた。生れてこのかた、こんなうまい話を耳にしたことがない。

「とにかく、考えさせてくれ」

「お考えになることなど、ないと思いますがね。あなたさまの生活ぶりを観察し、こんなかたを幸福にしてさしあげたいと、お声をかけたのでございますよ。まあ、いいでしょう。だいぶご関心をお持ちになられたようですから。しかし、そう長くは、お待ちできませんよ。どれぐらいです」

「せめて、二十四時間」

「慎重なご性格のかたですね。わかりました。では、あしたまたここで……」

悪魔は金を払って、先に帰っていった。

男はしばらくそこで飲み、考えた。結論の出ないまま帰宅し、さらにあれこれ考えた。たしかに魅力的なことだ。しかし、そのかわりに魂を悪魔に渡さなければならない。どうされるのだろう。死んだあとのことだから、どうだっていいともいえる。肉体がなくなれば、痛いのかゆいのなど感じないはずだ。

とはいうものの、三つの願いの実現というサービスまでして、悪魔が手に入れたがっているしろものだ。やつにとっては、それなりの価値があるのだろう。

三番目の願いがかなえられたあとは、やりきれない日々だろうな。悪魔に魂を引き渡すためにだけ、生きていることになる。三つ目を言わないでおくと、どうだろう。たぶん、そうはいかないのだろうな。なにか欲求が出てくるだろうし、願えば実現するのだ。それを制止できる自信はない。

契約について、男はあまり気が進まなかった。得失がどうのという理屈よりなにより、あのあいそ笑いが気に入らない。ああいうやつの話には、乗らないほうがいいのだ。

つぎの日、男はいつものように会社へ出かけ、やはり考えつづけだった。仕事が手につかず、上役に注意されたりした。その時は一瞬、悪魔と契約しようかとも思ったが、それは決意にまで高まらなかった。魂を渡すのが、こわいのだ。

帰りに、きのうのバーへ寄る。悪魔は待っていて、相変らずえたいのしれないにこにこ顔をしていて、男を迎えた。

「いかがです。おきまりになりましたか」

「ああ」

「最初の願いは、なんでしょうか。それをおうかがいし、サービスをする時ほど、楽しいことはございません。ご契約者に喜んでいただけるのですから」

「その前にひとつだけ質問させてもらうが、あなたの手に渡った魂は、どうなるのだ」

「お知りになりたいことでしょうが、じつは、わたくしも知らないのです。上役の命令でやっていることなのです。魂にそんなに価値があろうとは、わたくしにも思えません。それがこれだけ活用できるのですから、すてきなことじゃありませんか。あなたさまだって、気づかなかったことでしょう。思わぬもうけものと申せましょう。さあ、どうぞ、おっしゃって下さい」

よどみのない口調だった。それに対し、男は手を振って答えた。

「せっかくだけど、お申し出の件はことわることにしたよ」

「そうですか。よくよくお考えになった上での決断なんでしょうね。こちらも、むりにとは申しません。じゃあ、今回は引きさがります」

悪魔はいやにあっさりと帰っていった。男はいささか拍子抜けがした。そして、少しだけ後悔めいた気分を味わった。損をしたのかなと。

月日がたった。それは男にとって、ただただ平凡のくりかえしにしかすぎなかった。

ある休みの日、男が自宅でぼんやりしていると、来訪者があった。

「ごめん下さい」

ドアをあけてみると、若い女性だった。しかも、なかなかの美人。

「どなたで、どんなご用ですか」

「ちょっと、お話が……」

ひまを持てあましていたところだし、なにしろ美人だ。

「どうぞ、どうぞ。お入り下さい。ひとりぐらしなので、ちらかっておりますが」

「じゃあ、ちょっとお時間をさいていただくわ」

女は室内に入ってきた。男は椅子をすすめ、お茶をいれて運んできた。

「たいしたおもてなしもできませんが、ごゆっくりしていって下さい。で、どんなご用なのです」

「さっそくですけど、おゆずりいただけないかしら。すぐにとは申しませんわ。いらなくなってからで、けっこうなんですの」

「いったい、なにをでしょうか」

「あら、それを先にお話ししなくちゃね。じつは、あなたの魂なんですけど」

「なんですって。これは驚いた。すると、あなたも悪魔の一味なんですか」

と男が言うと、女は顔をしかめた。

「まあ、なんてことおっしゃるの。あたしはね、天使なのよ」

「まさか……」

「よく、ごらんになって下さい。あたしにどこか、みだらなところがございますか」

そう言われ、男は見つめた。たしかに美人なのだが、セクシーな感じはまったくない。となると、普通の女じゃないのかもしれない。さらに目をこらすと、彼女の頭の上に光輪が現われた。神聖な感じで輝いている。

「ね、おわかりでしょ。この光輪は目立つし、他人の目にふれるとやっかいだから、もう消しちゃうわよ」

男はため息をついた。

「驚きました。どうやら、本当の天使のようですね。信用します」

「どうなさいます。あたしとご契約なさいますか、死んだあと、魂をあたしにおまかせになると」

「けっこうなお話ですね……」

なんという幸運。このあいだ、悪魔と契約なんかしなくてよかった。それにしても、こういう話が持ちかけられるとは。

「……で、契約すると、どんないいことがあるのですか」

「死後、魂が天使の手にゆだねられる。これにまさることって、ないんじゃないかしら。おいやでしたら、よろしいんですのよ……」

そういえばそうだ。これで、心のやすらぎが保障されるというものだ。どんないやな目に会っても、がまんできるだろう。なにしろ、最終的に救われるのだ。天使はさいそくした。

「……で、どうなさいます。あたし、あまりゆっくりしていられないの」

「待って下さい。だれがことわるなんて言いました。信じられないようなすごいことなので、言葉が声にならなかったのですよ。こんなありがたいお話はない。契約しますよ。なにもかもおまかせします」

悪魔からの申し出のあった日の夜、ずいぶんと考えたものだ。そして、悪魔に魂を渡す決心だけは、どうにもつかなかった。その時、天使がいてくれたらなあと思ったりもした。それが、いま、現実のものとなったのだ。

「本当にいいんですね。少し考えてからになさいますか」

「考えることなどありません。もちろん契約いたします。誓います。なんでもいたします」

こんな機会をのがしたくなかったのだ。時間をおいたりしたら、天使のほうで気が変ってしまうかもしれない。

「わかりましたわ。じゃあ……」

天使は帰っていった。男はそのあと、なんともいえないいい気分を味わった。たしかに天使と約束した。もう大丈夫だ。いつかの悪魔は、今回は引きさがるとか言っていた。またあらわれるつもりだったのかもしれない。しかし、こうなったら、誘惑に乗ろうにも乗れないのだ。

何日かたった。男のところへ、天使がやってきて言った。

「あのね、お願いがあるの」

「また、お会いできるとは。これからも時どきおいで下さい。で、お願いとは、どんなことですか」

「血液を、少しだけ提供して下さらない」

「いいですとも、あなたのためでしたら。しかし、血液とはね……」

「あたしのためじゃないの。病気の人がいて、どうしても輸血が必要なの」

「いいでしょう、それぐらいのことでしたら。天使が、わたしをみこんでのおたのみなんですから」

男は案内されて病院へ行き、血液を提供した。天使も喜んでいたようだ。お手伝いできてよかったというべきだろう。

そのうち、天使はまたもあらわれた。

「このあいだは、どうもありがとう」

「どういたしまして。お役に立てて、わたしもうれしい気分でしたよ」

「悪いけど、またお願い。お金をいただけないかしら」

「お金ですって。天使がそんなことをおっしゃるとは……」

「あたしが使うんじゃないのよ。気の毒な人を助けたいの」

「いくらぐらい……」

「そうね……」

天使は金額を口にした。それは男の貯金の大部分に相当する額だった。

「困りますよ、そんな大金……」

「だめよ。あなたには、ことわることなどできないの。あたしと契約したからには、あたしの願いを実行に移さなければならないようになっているの」

「そうとは知らなかった」

「あら、お話ししなかったかしら。とにかく、そうなのよ。だけど、いずれにせよ、あなたの魂は死後、天使の手にゆだねられるのよ。深い信仰だの、苦しい修行だの、長い祈りだの、そういうやっかいなことなしによ。それにくらべたら、簡単じゃないの。これぐらい、やるべきじゃないかしら。あなたにできないことじゃないでしょ。むりやりやらせることもできるけど、おなじことなら、進んでやったほうがいいわよ」

「わかりましたよ。さからえないみたいだな」

気が進まなかったが、とうとう金を持っていかれてしまった。まあ、仕方のないことかもしれない。死後の魂が、天使によって保証されているのだ。

休日のつづくのを利用し、男は海岸ぞいの地方へ旅行した。金をためたりすると、いつ天使がやってきて、くれと言われるかわからない。それぐらいなら、使ってしまったほうがいいというものだ。死後はなんとかなるのだ。生きているあいだ、いくらか楽しんだっていいはずだ。

海岸を散歩していると、沖のほうで人声がした。

「助けてくれ。お願いだ」

ボートがひっくりかえったのか、おぼれかけている青年がいる。ほってはおけない。だれかに知らせなければと見まわすと、いつのまにかそばに天使がいた。

「ねえ、あの人を助けてあげてよ」

「あ、こんなとこでお会いするとは。だれか泳ぎのうまい人は、このあたりにいないんですか。わたしには、助ける自信がありません」

「そんなこと言ってる場合じゃないのよ。他人の危難に、わが身をかえりみずたちむかう。こういうのを崇高な行為というのよ。ね、あの人を助けてあげて。お願い……」

お願いと言われると、男はさからうことができないのだった。服をぬぎ、海に入り、泳ぎ、あらん限りの力をふりしぼって、おぼれかけている青年を岸へと連れ帰った。

青年は気を失っていたが、人工呼吸をこころみると、息をふきかえした。そして、つぶやくように言った。

「助かったんですね」

「そうですよ、わたしの力でね」

と、だれかの声。

「ああ、こんなぐあいに使わせられてしまうなんて……」

青年は感謝にもならない言葉を口にし、なにやらぶつぶつ言っている。そして、あらぬほうに目をやっていた。男はふしぎに思い、その視線のほうを見た。

そこに立っているのは、いつかの悪魔だった。にやにやと笑いを浮かべている。男はそばへ寄って話しかけた。

「また、妙なところでお会いしましたな」

「もう、おさそいはしませんよ。あなたは売約済みになってしまった。こっちは手が出せません」

「いま、おぼれかけた人、助かったというのに、なにか不満そうに変なことをつぶやいていますが……」

「わたくしの契約者でしてね。なにか作戦を立てたらしく、二番目の願いをなかなか言わない。困るんですな、わたくしとしては。いつ言い出すか、気をくばっていなければならない。早く片づけて、さっぱりしたいんですよ。おわかりいただけましょう。それを、やっと口に出してくれたというわけです。助けてくれとね」

「なんですって。すると、わたしのやったことは、あなたの手伝い……」

「たまたまそうなった形ですがね」

「そういえば、血液を提供したり、貯金を使わせられたりしたが、ああいうのもみんな、あなたのしりぬぐい……」

「かどうかは、なんともいえませんね。間接的にそうなっている場合も、あるかもしれませんがね。わたくしにとっては、契約者が大事なんです。金がいるとなると、手あたりしだい、つごうしてくる。しなければならないんです。仕事ですからね。そのため、お金に困る気の毒な人も発生するでしょう」

「いったい、あなたは天使とぐるなのか」

「そんなことはありませんよ。しかし、似たような分野でやってますもので、どうしても関連が生じてくることも……」

悪魔はことともなげに言ってのけた。男はからだじゅうの力が抜けてゆく思いだった。

「なんということだ。わたしは、あなたという悪魔の契約者のために……」

「さわぐことはないでしょう。あなたは、あれだけおすすめしたわたくしとの契約をことわり、あちらと契約してしまった。ご自分で決定なさったことですよ。それが、あなたの人生なんです。もう、どうしようもないのです。わたくしのほうと契約していたらと、お思いでしょうがね……」

「そうとは知らなかった。しかし、まあ、いいさ。天使のたのみも、三回はたした。これ以上、むりじいされることはないだろう」

「どうですかね。わたくしは三回とはっきり約束しましたが、あちらはどうですかね。これで終りということは、ないんじゃないでしょうか。わたくしの契約者のほうが、多いみたいですからね。その点、はっきり念を押しておいたんですか」

三回などとは、きめておかなかった。なにしろ、天使が現われ大喜びだったので、そこまで気が回らなかったのだ。男は、うんざりした気分になった。こんなしかけとは。この調子だと、つぎつぎ、どんな難題を押しつけられるかわからない。みんな悪魔のあとしまつなのだ。それを考えると、いまいましくてならない。なんということだ。

男はその場をはなれ、歩きはじめた。いつのまにか、海岸ぞいのがけの上に来ていた。

またも天使があらわれた。

「ねえ……」

「またですか。さっき、ご期待にそってさしあげたばかりですよ」

「でも、急いでいるのよ」

「いったい、なんです、今度は。たまには、いい目に会わせて下さいよ」

「結婚してあげてよ」

「それはそれは。いい女だと、ありがたいんですがね」

「その点はなんともいえないわ。とにかく、お気の毒な女の人なの。亭主が若いきれいな女と深い仲になって、どこかへ行っちゃったんですって……」

そのあとがまになれってわけか。どうせ、くだらん女だろう。その亭主、悪魔と契約し、美女を手に入れたにちがいない。あるいは、二つ目の願いも使って、妻の目のとどかないところへ逃げてしまったのかもしれない。そんなあとしまつを、押しつけられるとは。そして、これでもことは終らないのだろう。

天使は言いかけた。

「ねえ……」

「そのさきを言うのは、ちょっとだけ待って下さい。せめて一息つかせて下さいよ。気持ちの整理をつけてから……」

考えるまでもないことだった。男は、がけから身を投げた。ここは落ちたら助からない場所なのだ。男は一瞬、できたら助かりたいとも思った。しかし、天使にそんな力はないのだった。

かくして、男の魂は天国へと……。

行ったんでしょうね、たぶん。

企業の秘密

その男は、かなり有名な大企業につとめていた。しかし、一流校を出ているわけでもなく、才能もまた、ぱっとしなかった。なぜ入社できたかというと、一見なにかやりそうな印象を与えるのだ。それによって、採用試験に合格できた。

現実に社員として使ってみて、上役はたちまち、大変なみそこないだったことをさとらされた。おせじにも、優秀な人物とはいえないのだ。失敗は多いし、能率はあがらない。といって、くびにもできない。適当な仕事を与え、まあまあの形にしておく。

その男にも、これはいい状態といえない。働きがいのある仕事はやらせてもらえず、昇進のみこみはまるでない。つまり、非エリート社員を絵にかいたような存在だった。入社して五年、そんな日々がつづいている。女性にも縁がなく、まだ独身だった。

ある日、男は会社の帰りに安いバーに入り、ひとりで飲んでいた。ぐちをこぼしたいが、その相手もいない。グラスを重ねても、いい気分になれるわけがない。まさに、自分自身を持てあましているといった姿だった。

その時、ふいに声をかけられた。

「ちょっとお話が……」

それは、中年の地味な服の男だった。

「話し相手になるのはかまいませんが、ぼくをご存知なんですか」

「ええ、お名前も、どこへおつとめかも」

「なにか便宜をはかって欲しいと言っても、そういうたぐいはだめですよ。ぼくにはなんの実力もないのです」

「そのことも知っています。あなたをみこんで、お願いがあるのです」

「わけがわかりませんが、いいでしょう。少し興味がわいてきました。で、どんなことです」

「ひとつ、静かなところへ席を移して……」

案内されたところは、高級なホテルのバーだった。相手は声をひそめて言う。

「……あなたは毎日の仕事に、満足しておいでですか」

「仕方なく出勤してるってとこですね」

「おやめになる気は、ありませんか」

「その勇気も、ありませんね。こんなぼくをやとってくれる会社など、あるわけがない」

「そうでしょうな。ところで、もっとお金が欲しくはありませんか」

「そりゃあ、欲しいさ。ボーナスも少ないしね。しかし、いったい、お願いってなんなのです」

「長い前おきは、抜きにします。あなたの会社の情報が、欲しいのです。重要なもの、秘密なものほどいい。それだけのお礼は払いますよ」

「すると、つまり、あなたは産業スパイで、ぼくにその手先きになれというわけですか」

「早くいえば、そういうことです」

「会社を裏切ってですか……」

「それほどの恩義を、感じておいでですか。あなたなら、いちおうお考えになるんじゃないかと思いましてね。お気がむいたら、お電話を下さい」

相手はその番号を告げ、支払いをして帰っていった。まったく、男の内心を知りつくした上での言葉といえた。

どうしたものだろう。男は考え、やってみる気になった。会社はぼくをみとめてくれないが、あいつはぼくをみこんで、たのんできたのだ。彼の心は動いた。

電話をかけ、先日のホテルのバーで会い、ためしにと会社の情報をいくつか話した。主に社内の派閥に関してだった。社員はだれも知っているが、外部の人は知らないだろう。

相手は、興味を持って聞いてくれた。こうも熱心に、発言に耳を傾けてくれる人がいたとは。そして、別れぎわに封筒を渡された。期待していた以上の金が入っていた。

男は少し高級なバーへ行き、その金で景気よく飲んだ。気がとがめるのを、酔いでごまかそうとしたのだ。その一方、胸のすっとする思いもした。ぼくを軽視している会社め、ざまあみろという感じだった。

ひとつ、もっと身を入れてやってみるか。男は見ることのできる範囲の計画書をうつしとり、またも連絡し、持っていった。相手は笑顔で言った。

「だんだん、その気になられたようですな」

「まあね。あなたは、こういう情報をどうなさるんですか。業界誌にのせるとか、会社をおどすとか……」

「わたしが、そんな安っぽい人間に見えますか。この道にかけては、プロなんです。もっともっと、有効に利用しますよ。また、あなたの立場を悪くするようなことはしません……」

たしかに、信頼できる人物のようだった。相手はつづけて言った。

「……それより、あなたも注意して下さい。派手に遊んだりすると、周囲から怪しまれますよ。そうなると情報が得られなくなり、わたしも困る。べつな人を、さがさなければならなくなる」

「わかりました」

男は、さらに深入りしはじめた。毎日の生活に、目標ができたのだ。金にもなる。こんな役割を、他人に奪われては面白くない。

しかし、高級な情報となると、ぐうたら社員では、なかなか近づけない。少し信用されるようになろう。男は仕事に熱を入れるようになった。

「あいつ、いやに張切りだしたな。そもそも、いつかはなにかやりそうな感じがしていたが」

そんな評判が、たつようになった。男の内心など、だれにもわからない。会社にとっては、悪くないことなのだ。それで一段と、やりやすくなった。責任のある仕事を、まかされるようになる。そうなると、それに必要な資料をのぞけるといううぐあいに……。

その一方、いつばれるかという不安に、たえずつきまとわれた。永久にうまくゆくとは限らない。その日の来るのが、少しでもおそいようにしなければならない。男は品行をつつしみ、あくまで忠実な社員と思われるようつとめた。

あいつから受取る金は、ひそかに貯金した。彼が産業スパイの手先きだなど、他人に気づかれないよう努力し、それはうまくいった。

やがて、上役にみこまれ、その紹介による女性と結婚した。いつまでも独身でいては、変に思われる。身を固めたほうが便利なのだ。これで上役への信用も高まった。

時たま、あいつから電話がかかってくる。

「そのご、なにかないかね」

「はい、なんとか、ご期待にそうようにいたします」

会話はこれだけ。そばにだれかいても、取引きの電話としか思わない。事実、男にとって、

これはやりがいのある取引きなのだ。そして、会社が終ったあと、新しい情報を持ってゆく。

男はこのことを、妻にも秘密にしていた。説明することなどないのだ。それだけ発覚する可能性も高まるし、無用の心配をさせることになる。打ちあけるのは、いよいよばれた時でいいのだ。

妻は驚くだろうが、ためてある貯金を示せば、半狂乱になったりせず、なんとかなっとくしてくれるだろう。なにしろ、もう引きかえせないのだ。やめさせてくれと申し出ても、あいつは承知してくれないだろう。こっちも、やめる気はないのだ。やっていて楽しいし、それにスリルもある。また、金が入ってくるのは、理屈ぬきで悪くない。

時たま、気ばらしに豪遊することもある。しかし、それはひとりで出張した時に限ることにした。水商売の女性たちが、目を丸くする。

「すごく景気がいいのね。ご自分で商売をなさってるかたには見えないし……」

ふしぎがられるのも、いい気分だった。

「そのご、なにかないかね」

「はい、ご期待にそうようにいたします」

電話でうながされ、男は考えた。コンピューターの担当者と親しくなるようつとめ、こう持ちかけた。

「これからは、その使い方を知っておかなければだめなようだな。やり方を教えてくれないか。月謝は払うから」

「いやに熱心だな。いい心がけだ。手ほどきをしてやるよ」

うまいぐあいに進展した。男はすきをみて、そこから情報を盗み出した。自分でも、こうだったのかと驚くようなものもあった。それを持ってゆくと、金になる。相手は感心して言った。

「ずいぶん、よくやってくれるな」

「お礼をいただくからには、それだけの努力はしませんとね。おかげで、コンピューターのあつかい方が、身につきましたよ」

しかし、秘密の重要な情報は、コンピューターに入れてない。やはり限界はあるのだ。

男は残業の多い仕事を引受けた。おそくまで会社に残り、カギをかけ忘れている書類入れをのぞき、また新しい情報を手に入れた。夜間の警備員が巡回してくるが、まさかここの社員が外部のスパイの手先とは、気がつかない。よく働く人だと思われるだけで、すんでしまう。そのうち、簡単なものだったら、針金でカギをあけられるようにもなった。

上役から社員たちに、注意の文書がまわされた。

〈最近、社内の情報がよそにもれているようだ。みな、外部の者には、よけいなことを話さないように〉

しかし、だれひとり彼を怪しまない。男はそしらぬ顔をし、内心でつぶやく。上のやつらめ、いばっていても、こんなこととは知るまい。そのうち、もっと大きな情報を持ち出してやる。やりにくくなったほうが、一段と闘志もわくというものだ。

この秘密の副収入は、かなりの額の預金となった。そして、さらにふえつづけている。正規の収入のほかに、それがあるのだ。男の生活は安定していた。

しかし、時どき、自分がいやになることがある。会社を、まじめに働いている同僚たちを、裏切っているのだ。それへの弁解をこころみる。企業というものは、このままだと冷酷な支配組織になってしまう。ぼくは、それへの反抗をやっているのだ。最も人間らしい感情、エゴイズムに徹してみるやつが、ひとりぐらいあってもいいはずだ。

そのかわり、発覚しても、じたばたしない。ためた金をもとに、独立して仕事をやるのだ。それへの準備もしておかなければ。まさに彼は、普通の人の何倍かの努力をした。社内での信用を築くために働き、情報を盗み出すために働き、そのあいまに、独立後にそなえての勉強をするのだ。

妻が言う。

「あなたって、ほんとに仕事が好きなのね」

「少しでもおまえに、いい暮しをさせたいからさ。それに、ぼやぼやしていたら、この社会では取り残されてしまう」

「そうかもしれないわね。がんばってね」

うまく彼女をごまかすことができた。

男はある時、金を払ってくれる依頼主に聞いてみた。

「なんだかんだと、ずいぶんあなたへ情報を提供してきましたが、なにかの役に立ってるんでしょうね。そこがはっきりしないと……」

「働きがいがないというんだろう。それを話せないところが、この道のつらいところだ。だが、心配するな。役立っているよ。だからこそ、こう、金を払っているんだ。いまの世の中、無意味に金が出てくると思うかね。そうでなかったら、とっくに見限っているよ。これからもたのむ」

「はい」

大きくうなずく。まさに情報を流すのが、いまや彼の生きがいになっていた。

やがて、男は課長に昇進した。課長の地位について知ることのできる程度の情報は、もうほとんど知っている。これからは、課長であることを足場に、さらに高い秘密を知るようにするのだ。

その挑戦に、彼は情熱をもやした。それには、やるべき仕事を万全にこなさなければならない。周囲の彼への信用は充分にあり、そのことでの問題は、なにもなかった。

男はすきをみて、重役会議室に小型のかくしマイクをとりつけ、その内容をテープにおさめることに成功した。それを渡すと、謝礼として大金がもらえた。しかし、ものごと、すべて順調にばかりゆくとは限らない。

まもなく盗聴防止装置が、その部屋にそなえつけられた。会議の秘密のもれたことがわかり、かくしマイクが発見されたためだろう。彼はうなずく。しかし、犯人だと気づかれることは、なかった。発覚しないよう、注意に注意を重ねているのだ。

男は部長たちが、それぞれどんな仕事をしているのか、くわしく知ることができた。新しい企画の進行も、質問すればたいてい答えてくれる。のぞける書類の範囲も、ひろがった。それらは、つぎつぎと金にかわる。

また、社内の現状がすっかり頭に入っているので、自分の仕事は簡単に片づけることができた。もはや、だれもが彼の才能をみとめた。

そして、異例ともいうべき早さで、男は部長に昇進した。彼はいよいよこれからだと、ひそかに胸をおどらせた。

ある日、男は社長に呼ばれ、こう告げられた。

「いい話だぞ。近いうちに、きみを役員にするつもりだ」

「まさか。いくらなんでも、早すぎます」

「いや、きみの働きぶりのすばらしさを考えれば、当然だ。年齢や序列にこだわっている時代ではない。問題は能力と、やる気だ。きみには、それがある」

「しかし……」

男は考える。役員になれば、会社に関するすべての秘密を知ることができる。それを外部に流したとする。だれからもれたかは、たちまちわかってしまうだろう。その一方、やつは解放してくれないだろう。やつの知りたい情報は、これからなのだ。

まさか、こんなことになろうとは。もう、なにもかもおしまいだ。生きがいの活気が消えてゆくようで、彼は目を伏せた。

社長は身を乗り出して言った。

「なにか、ぐあいの悪いことでもあるのかね。わたしは、きみに存分に力をふるってもらいたいのだよ。会社はさらに飛躍する。収入だってふえるよ。なにか事情があるのなら、相談に乗る。たのむよ……」

心からの言葉だった。それを聞き、彼は思わずしゃべっていた。

「申し訳ありません。わたしは、そんな立派な人間じゃないのです」

「いや、きみの実績は、なによりの証明だ」

「ちがいます。わたしは、会社のためにならない存在です。すぐ辞表を出します……」

男は時間をかけ、そもそものはじめからのことを告白した。社長はうなずきながら聞き終り、そして言った。

「まあ、そう気にするな。その依頼主は、その情報をどこへ売り込んでいたと思う」

「さあ……」

「ここへだよ。社長のわたしにだ。それ以外の、どこへも流れていない」

「なんですって……」

「おかげで、社の欠陥がいろいろと判明し、だいぶ改善された。経営状態もよくなった。なにもかも、きみのおかげというわけだ」

「しかし、わたしは心のなかで、社を裏切りつづけだったのですよ。その点は、どうやっても消せません。やはり、くだらない人間です」

「しかし、依頼主には、忠実だったではないか。じつに、よくやった。今後も、それをつづけてくれればいいのだ。ベールをぬいだ依頼主、すなわち、この会社に対してだ。きみは、自分をみとめてくれる者には、それだけのことをやる性格だ。そうだろう。わたしは、そこにほれこんだのだ。また、社内のことについては、きみが一番くわしい。それに本業以外のことについても、いろいろと勉強しているそうじゃないか。わが社を一段と飛躍させるには、きみのほかに適任者はない。それに、どうすれば外部に対して秘密が守れるか、最もよく知っているはずだ」

「ひと晩だけ、考えさせてください……」

はたして社長の期待どおりになるか、いやけがさして精神的な廃人になるか、その答えはあしたになってみなければわからない。

特殊な能力

その男は、どうしようもなく立ちつづけていた。なにしろ、そばの床の上に、女の死体が横たわっているのだ。

ここはその女の住居の、あるマンションの三階の一室。一時間ほど前、男はここへやってきたのだった。そして、こんな会話をかわした。

「たのむ。これからも、交際をつづけてくれ。どんなことでもするから」

「お気の毒だけど、そうはいかないの」

「ぼくたち、あんなに仲よく、つきあってきたじゃないか。これからだって、そうできるはずだ。ぼくはきみを、心から愛しているんだ。なんとか、考えなおしてくれ」

すなわち、別れたいという女に対し、男は未練がましく泣きついたのだ。

「考えたあげくのことなの。つまりね、あたし、あなたにあきちゃったのよ。はっきり言えばね。おたがい、もうこれっきりにしましょう。あなただって、そのうち、いい人にめぐり会えるわよ」

「いや、きみ以外の女性は、考えられないんだ。そんなこと、言わないでくれ」

「あたし、くどい人って、好きじゃないのよ」

「そうか。やはり、だれかほかに、好きな男ができたんだな」

「うるさいわね。めんどくさいから、そういうことにしとくわ。それで、かたがつくんだったら」

「そ、そうだったのか。よくもいままで、ぼくをだましてきたな」

男はかっとなり、女の首に手をかけた。

「きゃあ、助けて……」

とてつもない悲鳴が、ひびきわたった。男はあわてて、片手で口をふさぐ。少しは小さくなったものの、声はすきあらば飛び出そうとする。なんとかして、静かにさせなければならない。

手に力をこめ、男はそのことだけに熱中した。そして、やっと声はおさまった。ほっとして手をはなす。女のからだは崩れるように床に倒れ、そのまま起きあがらなかった。身動きもしない。

かがみこんで調べると、呼吸はなく、脈も止っていた。つまり、死んでいたのだ。

そとの廊下が、さわがしくなった。さっきの悲鳴を、聞かれたのだろう。男は反射的に立ちあがり、ドアの内側からカギをかけた。ノックの音がし、声がかけられた。

「もしもし、どうかしましたか」

答えるわけにはいかない。ドアをあけてこれを見られては、なにもかも終りだ。いいのがれる方法は、なにもない。早く、なんとかしなければ……。

窓のそとへ目をやる。時刻は夜の九時ごろ。一階なら、暗がりのなかへ逃げることも出来るだろうが、ここは三階。そとへ出るのは死ぬことだ。

パトカーのサイレンの音が近づいてきて、マンションのそばに止った。だれかが、警察へ通報したらしい。やがて、警官があがってくるだろう。管理人からマスター・キーを借りて、ドアはあけられるだろう。そして、死体のそばにいる自分が、発見されるのだ。

なんとかしなければ。そこまでは頭が働くのだが、どうしたらいいのかとなると、まるでわからない。この死体さえなければ、すべてはぶじにおさまるのだが。どこかへ消えてくれないものか……。

「警察だ。ドアをあけろ」

声が聞えた。もはや、どうしようもない。いやだと言っても、あけられるのは時間の問題だ。ひどいことになってしまった。絶望的な気分で、男は床に目をやる。このいまいましい死体さえなければ……。

なんということ。それは消えていた。かげも形もないのだ。目をこすって、見つめなおす。しかし、そこにはなにもなかった。

「はい、いま、あけます」

男はドアをあけた。身がまえた警官が二人、はいってきた。そのうしろには、マンションの住人たちの、好奇の目が並んでいる。

「なにごとです」

と警官が言い、男は答えた。

「さあ……」

まさに正直な答えだった。どうなったのか、自分でさえ、わけがわからないのだ。しかし、問題の死体がなくなってくれたことだけは、たしかだ。警官は、あたりを見まわしながら言った。

「助けてくれという女の悲鳴を聞いた人から、連絡があった。なにをやったのだ」

「なにって……」

「家具の位置が乱れている。壁の絵が落ちている。花びんが割れている」

「そういえば、そうですね」

「女をどうしたんだ」

「女って、なんです」

「ここの住人だ。標札の人だ。しろうとの小細工では、警察をごまかすことなど、できないぞ。観念するんだな」

ひとりの警官が男を逃げないよう監視し、もうひとりは部屋じゅうを、くまなくさがした。

男は内心、はらはらした。ベッドの下あたりから、死体が出てくるのではないかと思ったのだ。

しかし、それはどこにもなかった。押入れにも、トイレにも、窓のそとにも、窓の下にも。冷蔵庫のなか、引出しのひとつひとつに至るまで、調べられた。しかし、死体は発見されなかった。おそるおそる、男は言った。

「なにか、見つかりましたか」

「なにもない。いったい、おまえはここで、なにをしたのだ」

「なにも。ここの女性をたずねて来たんですけど、約束してたのに留守だった。しばらく待ったが、帰ってくるようすもない。面白くないので、ひとりでちょっと、あばれただけですよ」

「どうやって、なかへ入った」

「え、それは、その、カギがかかっていなかったのです」

「女の悲鳴はなんだ。みな、たしかにこの部屋からだと言っているが」

「さあ、知りませんよ。ほかの部屋からじゃないんですか。それとも、ぼくが叫んだのかな。時どき、大げさに、ひとりで声を出す癖があるんです」

「おかしな話だな……」

男は警察に連行され、きびしい取調べを受けた。容疑は濃厚なのだ。女は依然として帰宅しない。二人の仲が最近うまくいっていなかったという報告も、入ってくる。悲鳴は、多くの人が聞いているのだ。

「死体はどうした。仲間が窓の下にいて、受けとめて運んだのか。それとも気球を用意しておいて、どこかへ飛ばしたのか」

追及はつづく。男は答えようがない。殺人をしたということで、すでに心がかなり乱れている。そして、その死体は、一瞬のうちに消えてしまったのだ。悪夢のような話だ。

「なにがなんだか、わかりませんよ」

男は叫んで立ち上った。しかし、足がもつれ、壁に頭をぶつけ、しばらく気が遠くなった。尋問はなおもつづけられたが、なにしろ死体がないのだ。窓には、男の指紋がついていない。そんなこともあって、やがて帰宅を許された。

自宅は郊外にある。小さいけれど、ガレージつきの独立家屋。まだ若く独身だが、つとめ先が不動産関係の会社なので、このような家を持つことができたのだ。

休暇をとり、男は三日ほど、自宅で酒を飲みながらすごした。やった行為への、反省もある。それにしても、なぜ死体は消えてくれたのだ。はたして女を殺したのだろうか。自分自身が信じられなくなる。気持ちの整理をしようとしたが、とてもむりだった。

といって、いつまでも休んではいられない。男は会社へと出勤した。しばらくは、仕事が手につかなかった。死体がふたたび、あの部屋、あるいはその近くに戻らないとは限らない。

そうなると、まっさきに疑われるのは、こっちなのだ。なんだかんだと、また、あのうるさい取調べを受けなくてはならない。びくびくして日をすごした。

しかし、そんなことには、ならなかった。

この調子だと、ぶじに片づくのかもしれない。男はしだいに、そんな気分になってきた。

そのうち、地方への出張を命じられた。別荘地の売買の件で、そうむずかしい仕事ではなかった。

商談をまとめ、ホテルの部屋に戻る。椅子にかけて、くつろぐ。窓からの眺めもよかった。

「やれやれ、一段落だ……」

ほっと息をついて、軽く目をつぶる。久しぶりに味わう解放感だった。目をあけ、なにげなくベッドを見る。

そこに、毛布をかぶって寝てるやつがいた。なんということだ。男は電話で、ホテルの係に文句を言った。

「どういうことなんだ。ぼくの部屋のベッドに入りこんで、眠っているやつがいる。なんとか、しまつしてくれ」

「そんなはずは、ございませんが。カギの管理は、厳重にやっております」

「だったら、たしかめに来たらどうだ」

「はい、ただいま……」

それにしても、こいつ、どういうつもりなんだろう。ずうずうしいにも、ほどがある。たたき起して、問いつめてやるか。男は毛布をはいだ。

「まさか……」

そこには、女の死体が横たわっていた。このあいだマンションで殺した女の……。

男はあわてた。こんなところを見られたら、ただではすまない。他人には簡単に入りこめないホテルの一室で、死体といっしょなのだ。それに、この女との関係については、警察に疑いを持たれているのだ。いつのまにかベッドの上にあらわれたなどと言っても、通用するわけがない。

早いところ、逃げるか。それもだめだ。人相や名前は、ホテルの連中に知られている。どうしたものだろう。ドアのそとで声がした。

「ホテルの者です。どうなのでしょうか」

「ちょっと待ってくれ」

数分は時間をかせげるだろうが、もはや絶体絶命だった。そとの人は、なにか異変が起ったと察したらしい。マスター・キーを使って、ドアをあけようとしはじめた。入ってこられれば、なにもかも終りだ。いったんは助かったものの、こんな形で罪をつぐなわされるとは。もはや、これまで……。

いまいましい気分でベッドに目をやると、なんとその死体は、うそのように、あとかたもなく消えているではないか。

「大丈夫ですか」

入ってきたホテルの人が言った。

「ああ、どうということもない」

「どなたかが、ベッドの上にいたとか」

「じ、じつは、さっきはそんな気がしたんだが、どうやら幻覚だったようだ」

「しかし、ベッドには、だれかが寝ていたようなあとが……」

「そ、それは、ぼくが寝てたってわけさ。そして見た夢さ。いろいろと、仕事で疲れたんでね。さわがせて、すまなかった」

「なんともなくて、けっこうでした。ご入用でしたら、鎮静剤でもお持ちいたしましょうか」

「そうだな」

それがとどけられ、男は受け取り、部屋にひとりになった。それにしても、いったい、どういうことなんだろう。たしかに死体を見たし、さわってたしかめもした。それが、なぜだかしらないが、うまいぐあいに消えてくれた。もう少しおそかったら、大変なことになるところだったが。

「もしかしたら、これはテレキネシスという現象かもしれない」

男はつぶやく。念力によって物品を移動させる現象をそう呼ぶらしいと、なにかで読んで知っていた。おれは、その能力の持ち主なのかもしれない。

ためしにと、男はやってみた。机の上にある灰皿にむかって、消えてくれ、消えてしまえと念じてみた。その能力があるのなら、できるはずだ。しかし、灰皿は消えるどころか、かすかに動いてもくれなかった。死体が消えたようには、灰皿はならなかった。

男は出張からの帰り、魚屋の店先で念じてみた。あの魚よ、消えろと。無機物とちがって、生命活動をしなくなった有機物なら、作用が及ぶかもしれないと考えたからだ。しかし、一匹の魚も、消えてはくれなかった。

しかし、まあ、いいだろう。かんじんの時に作用してくれれば、いいのだ。ホテルではらはらさせられたが、ことはぶじにおさまったのだ。

会社へ出勤し、変りばえのしない仕事をするという日々がつづいた。殺した女のこと、ホテルへその死体が出現したこと、それらを思い出すたびにいやな気分になったが、やがて、少しずつ、なれてゆく。

あすは休日という日、男は会社の帰りに少し飲み、いい気分で帰宅した。

「やれやれ、仕事は一段落したし、ほどよく酔ったし、あしたはゆっくり寝坊できるし、のんびりとは、こんなことか……」

男は着がえをしようと、洋服ダンスをあけた。なかから、なにかが倒れかかってきた。受けとめようとそれを見て、男は思わず叫び声をあげようとする自分を、なんとか押えた。それは死体だった。ホテルではうまく消えてくれ、それですんだはずなのに、またも現われやがった。

「なんで、また、こんなところへ……」

つぶやいたが、説明のつけようがない。女の死体は床の上に、だらんとのびている。うらめしそうな顔は、長く見ていられるものではない。それに、こんなところに、いつまでもいられては、たまったものじゃない。

思いついて、男は念じてみた。目をつぶり、精神を集中する。消えてくれ、早く消えろ、テレキネシスの作用によって、どこかへ移ってしまえ……。

うまくゆくはずだ。おれには、その能力があるのだ。いままで、毎回そうなった。目を開く。しかし、それはそこに存在していた。まだ念力が足りないのだろうか。男はさらに熱心に、それをくりかえした。

しかし、依然として、消えてくれない。いつまでもここにいたいといった感じで、なんの変化も起らない。

こんなのにいつかれては、迷惑だ。念力が役に立たないのなら、自分の手で、しまつしなければならない。どうやら、そうせざるをえないようだ。男はシャワーをあび、コーヒーを飲み、酔いをさました。それから、死体をそっと運び出し、自動車のトランクにつみこんだ。

不動産関係の仕事をしているので、どんなところへ行けばよいかの見当はつく。かなりの時間、車を走らせ、人かげのない林のそばでとめ、その奥へと運びこみ、穴を掘って埋めた。まあ、これで大丈夫だろう。ぼくの自宅にとつぜん死体が出現したなんて、知っている者はいないのだ。まして、それをここまで運んできて、埋めたなんて。怪しむやつなど、あるわけがない。

もはや、二度と現われることは、ないだろう。土のなかから戻ってくる必然性は、ないのだ。この手で殺し、この手で埋葬した。なにもかも、終りのはずではないか。

そう自分に言いきかせたものの、男は何日か不安だった。夜中に目ざめ、そばに死体が横たわっているのを見た。あわてて叫ぶ。

「消えろ……」

それは消えた。幽霊なんかではなく、幻覚か夢だったようだ。なぜなら、これ一回だけで、二度と見ることもなかったのだ。

何週間かが、ぶじにすぎた。心の片すみのびくびくした思いも、しだいに薄れていった。女の死体とは、これで完全に縁が切れたようだった。

「どうやら、めでたしめでたしだな。まあ、祝杯でもあげるとするか」

男は自宅で酒を飲み、ばんざいと小声でつぶやき、いいきげんになった。

その時、なにか気になるものが、頭をかすめた。洋服ダンスをあけてみる。なにかが、倒れかかってきた。いつかのこともあり、男はさっと身をよけた。それは重い音をたてて、床に倒れた。

それは死体だった。顔をのぞきこんでみると、四十歳ぐらいの男性だった。死因の見当はつかないが、血が流れてないところから、頭でも強くなぐられたのかもしれない。会ったこともないやつだ。いやな人相をしている。生きている時もそうだったのだろうが、死んでいるから、なおさらそう見える。

それにしても、なぜこんなのが、ここに入っていたかだ。さっきは、なかった。すきを見て持ち込まれたなんて、ありえないことだ。あの女の死体なら、まだ許せる。縁もゆかりもない死体に出現されるなんて、たまったものじゃない。ためしにと念じたが、消えてはくれない。

「どうしたものだろう……」

警察にとどけるか。しかし、だれが信用してくれる。気づかないうちに、洋服ダンスに死体が入っていたなんて。精神異常あつかいされるに、きまっている。

それだけじゃ、すまないかもしれない。おまえは死体を出したり消したりできるのかと、以前の一件がむしかえされる。あの取調べだけは、二度とごめんだ。

「どうやら、こっちでしまつしてやらなければ、ならないようだな」

男は、それをやらざるをえなかった。夜中まで待ち、車につみこみ、大きな川の橋の上へ行き、おもりを結びつけて投げこんだのだ。これでいいだろう。そのうち、なわがほどけて、浮び上るかもしれない。そうなればなったで、どうってこともない。おれとはなんの関係もないやつなんだ。疑いがかかってくることもない。

まるで、わけがわからない。また何週間か、考えつづけた。そして、結論の出ないまま、一種の災難のようなものだったのだろうと、自分なりの判断を下した。いくらなんでも、これで終りだろう。

しかし、そうはいかなかった。まさに災難と同じだった。忘れかけたころ、またも洋服ダンスのなかに、死体が出現した。こんどは血まみれで、そのあつかいには手を焼かされた。

「まったく、なんということだ……」

一度ならず二度までも。男はある仮定を思いつき、うんざりした気分になった。どうやら、普通の人にはない特殊な能力が、わが身にそなわってしまったらしい。たぶん、警察で取調べを受け、混乱状態にあった頭を壁にぶつけた時にだ。

問題や悩みごとが片づき、精神的に解放された状態になると、それが発揮されるのだ。どういうふうにかというと……。

どこかにある、そばの人にとって消えてほしい存在である死体。それを時間と空間とを超えて、おれのところに引き寄せてしまう。

まず最初、自分自身にそれが作用した。女を殺した時、死体よ消えてくれと願い、それに応じて未来の自分、ホテルでくつろいでいた時だが、そこへ引き寄せた。しかし、そこもぐあいがよくなく、自宅で解放感を味わっていた自分が引き寄せた。それでなんとかしまつできたのだから、ありがたかったというべきだろう。

しかし、いったん身にそなわった能力は、もはや、なくならないのだ。だれかがどこかで死体を持てあましており、おれが解放感でのんびりとしていると、それはこっちへと移ってきてしまう。

そうだとしたら、えらいことだ。しょっちゅう死体に飛び込まれることになる。いちいち、そのしまつを、してやらなくてはならなくなる。どうしたらいいんだ。もう、どうもこうもない。

勝手にしやがれ。男はやけぎみで、気をゆるめた。その瞬間、精神が解放された。洋服ダンスのとびらが開き、なにかが床の上に倒れた。それがなにかは、わざわざ行ってみなくたってわかる。

先輩にならって

その青年はあまり有名でない大学を出て、あまり有名でない会社につとめて、三年ほどになる。経営者は慎重きわまる性格で、積極的な商法をとろうとしなかった。だから、派手にもうけることもないが、そのかわりつぶれる心配もなく、それだけがとりえだった。

彼はおせじにも有能といえなかったが、実直で、その点をみこまれており、やめさせられる心配はなかった。まだ独身。ガールフレンドができないわけではないのだが、ぱっとしたところがぜんぜんないので、それ以上に進展しないのだ。なんということのない日々の、くりかえしだった。

ある日。会社からの帰り、青年は前を歩いている、四十歳ぐらいの男に声をかけた。

「あの、もしかしたら、先輩じゃあ……」

その男はふりむき、青年を見て足を止め、なつかしそうに答えた。

「やあ、きみか」

その男は大学の先輩であるばかりでなく、青年の現在つとめている会社に以前いたという点で、二重の意味での先輩だった。つまらない仕事にあきることなくとりくんでいたのだが、ある日、辞表を出し、それ以来、会うこともなかった。地味な性格だったので、あいつ、そのごどうしてるかな、などと社内で話題になることもなかった。

「やっぱり、先輩だったんですね。うしろ姿でたぶんそうだろうと思って、声をかけてしまったんですが……」

青年は相手を眺め、目を丸くした。うしろからでなく、すれちがう形で前から見たのだったら、気がつかなかったかもしれない。なにしろ、かつての印象とぜんぜんちがうのだ。なんという変りようだろう。最高級の仕立ての服を、身につけている。ネクタイの趣味もいい。それをとめているピンも、カフスボタンも、ちょっと見ただけで高価なものであることがわかる。眼鏡だってデザインがしゃれていて、ふちの材料は、たぶん十何金にちがいない。それでいて、むりをしてやっているといった、いやらしさがない。

「ふしぎそうな顔をしているな。まあ、そう思われるのも仕方ないだろうな」

「先輩は、ずいぶん変りましたね」

「食事でも、いっしょにしないか。わたしがおごるよ。久しぶりで、なつかしい。きみに、なにか用事でもなければだが」

「ありません。会社の帰りです」

先輩は青年を、あるレストランに案内した。上品なムードの店で、値段のことを考えたら、自分ひとりだと気軽に入る気になれないようなところだった。

「なにを注文するかね」

「先輩におまかせします」

聞いたこともない名のワインが注文され、料理もなにもかも、すばらしい味だった。

「会社の連中、そのご、どうしている」

「あまり変りばえしませんが……」

だれそれはどうしているといったことが、しばらく話題になった。食事がすんでレストランを出ると、先輩は言った。

「いちおう腹ははったし、ひとつバーへでも寄るか」

さそわれるまま、青年はついていった。美人のそろっているバーだった。そこで飲みながら、さっきから言おう言おうとしていた質問を、やっと口にした。

「先輩は、ずいぶん景気がいいんですね」

「まあね、一日おきぐらいに、こういうところへ来て、さわげる。つまり、その程度のことは、できる余裕がある」

「お仕事は、どんなことを……」

「広告宣伝のたぐいの、小さな会社をやっている」

「しかし、そういう分野は、商売がたきが多くて、大変なんじゃないんですか」

「その競争に勝てばいいわけさ。よそよりいいアイデアさえ用意できれば、仕事はこっちへまわってくる。依頼する側にすれば、少しでも効果をあげたいからな。そういう世界なんだ」

「そんな才能が、先輩にあったとはねえ……」

青年は、ため息をついた。会社にいたころは、とてもそんなことのできる人とは、思えなかったのだ。

「きみに会えて、今晩は楽しい。さあ、大いに飲もう……」

先輩は酒のおかわりを注文して、そばの女性がそれを取りに立った時、青年にささやいた。

「……女性にも不自由しない」

「奥さんは、なんとも言わないんですか」

青年は、先輩が恐妻家だったことを思い出して聞いた。

「子供を連れて、出ていったよ。生活費は毎月、送ってやっている。勝手に出ていったんだから、その必要はないんだが、金がもうかっているんだし、子供の学費のことも気になるしな」

「じゃあ、ひとり暮しだと、なにかと大変でしょう」

「サービス完備のマンションに住んでいる。掃除から洗濯(せんたく)まで、なんでもやってくれる係がいるんだ。それだけ金がかかるが、悪くない生活だぜ」

「うらやましい」

それが実感だった。どうやら、金のあり余る状態にあるらしい。しかし、どうやってこんな変化をとげたのか、まるでわけがわからなかった。

「きみも、こんなふうに、なりたくないかね」

「もちろん、なりたいとは思いますよ。しかし、心機一転、いかにがんばってみても、ぼくにはむりでしょう」

「わたしという実例を見てもかね」

「ですから、信じられない思いなんです。なにか、方法があるみたいですね。でしたら、ぜひ教えて下さい。お願いです。いまのままで一生を終るのかと思うと、うんざりします」

「きみは会社で、わたしを先輩として敬意をもってつきあってくれた。ほかの連中とちがってね。だから、そんな気になったのだ。お望みなら……」

「望みますとも。ぜひ、ぜひ……」

「しかし、他人に聞かれると、やっかいだ。そとへ出て、歩きながら話そう……」

先輩はメモ用紙に地図とビルの名と部屋の番号を書いて、青年に渡した。

「……ここへ行ってみるといい。わたしからの紹介だといえば、たぶん、うまくあつかってくれるだろう。じゃあな」

なんという、すばらしいチャンスだ。利用しないで、ほっておく手はない。だめで、もともとではないか。

　青年は翌日、会社へは欠勤の電話をして、ためらうことなく、そこを訪れた。ビルのなかの一室で、ドアには〈クンギッグ対策研究所〉と書かれていた。ノックをすると応答があった。

　なかへ入ると、七十歳ぐらいの老人が、机のむこうの椅子にかけていた。手前には来客用の椅子。そのほかのものといえば、スチール製のロッカー兼金庫といった感じのがあるだけ。簡素なものだった。

「よろしくお願いします……」

　と青年は、紹介者である先輩の名を告げる。老人は言った。

「彼は、うまくやっているかね」

「それはもう、うらやましくなるほどです。だからこそ、ぼくがここへうかがったのです。あんなぐあいになりたいのです」

「しかし、ただ手をこまねいていて、ああなれるわけではない」

「わかっています。できるだけの努力は、いたします。力いっぱい働いてみたい。人間、うまれつき、そうちがいがあるわけではない。それなのに、現実は、ぼくみたいに平凡な立場に甘んじていなければならないのと、成功する人との差がある。その恵まれた側に立ちたいのです」

「なかなかいい考え方をしている。問題は、そこなんだよ。しかし、前もって言っておくが、利益の一パーセントは、わたしに必ず送ってもらわなければならない」

「いたしますとも。秘法を教えていただけるのでしたら、それぐらいのお礼は当然です。もっとさしあげてもいいとさえ思います。で、どうしたらいいのですか」

青年が聞くと、老人は予想もしなかったことを口にした。

「悪口を言えるかね」

「あまり言ったことはありませんが……」

「そばにいやなやつがいるのだと仮定して、思い切って言ってみなさい」

「しかし……」

「それぐらいのことができないようじゃ、みこみなしだな」

「やりますよ。やってみます。いいですか。ばか、まぬけ、くたばりぞこない。このうすぎたない……」

青年はそこで中断し、ひと息つきながら老人に言った。

「……相手の名前がはっきりしてないと、どうもうまく言えませんね」

「名前はクンギッグだ。さあ、もっと大声で、力をこめてやってみろ。壁は厚いから、声がそとへもれる心配はしなくていい」

ふたたび、青年はこころみた。

「まぬけ、とんま、くそったれのクンギッグめ、うすのろ……。意外とむずかしいものですね」

「まあ、しだいになれてくるさ。それを一日に三回、三十分ずつどなるのだ」

「薬の使用法みたいですね」

「まとめて一時間半ぶっ通しでやってもいいのだが、大変だろう。三回に分けてのほうがやりやすい」

「そうでしょうね。しかし、それでうまくいくんですか」

「すでに実例を見てるだろう」

老人に言われ、青年は先輩のことを思い出した。たしかにいい生活をしている。それがうらやましくて、ここへ来たのだった。

「そうでした。というと、つまり、これが呪文なのですね」

「呪文のような、いいかげんなものではない。クンギッグは、実在しているのだ。わたしの言ってることは、宗教のたぐいではない。ちゃんと利益をもたらしてくれるのだ」

「いったい、なんなのです。クンギッグとは……」

「そこだよ。わたしもかつて、きみがさっき口にしたのと同じ疑問をいだいた。なぜ人生に差ができるかだ。世の中には、まじめに努力している人が多い。さまざまな神を信じ、それにすがっている人もいる。しかし、神は必ず助けて下さるとは限らない。むしろ、効果のない場合のほうが多い」

「おっしゃる通りです」

「そこで、わたしは発想の転換をやった。神はいないのじゃないか。あるいは、いるかもしれないが、こうもすがる人が多いと、とても手をまわしきれない。それなら平等かというと、そうじゃない。世には、不平等が現実に存在している。そこでだ。わたしは悪魔というか、悪霊というか、マイナスの神というか、そういったものがあるのではないかと仮定した」

「そんなことは、ぼくなど考えてもみませんでした。それで、どうなったんです」

「そして、ついにその存在を、つきとめたのだよ。クンギッグだ。問題はこいつの力なんだ。成功する人は、神の加護でもない、運がいいのでもない。不運を支配する見えざる支配者、クンギッグにじゃまされないおかげなのだ」

「しかし、本当にそんなのがいるんだったら、悪口を言って大丈夫なんですか。怒らせたら大変でしょう」

「わたしも最初はそう思った。しかし、ここでも発想の転換が必要だったのだ。いままでの考え方だと、上のほうにいる万能の力におべっかを言い、ごきげんを取り、お助けいただくというものだった。しかし、クンギッグは、ちがうのだ。下のほうにいて、足をひっぱるやつなのだ。こういうのに対しては、遠慮なくけっとばすほうが有効だ。けっとばすといっても実体のない存在だから、おまえはきらいだという意志を示すため、それなりの言葉をぶっつけなくてはならない」

「で、ききめはありましたか」

「いままでのところ、わたしの知る限りではね。クンギッグのくそやろう、自分の存在をみとめられたのがうれしいらしく、追っ払われている限り、その人には手を出さない。すなわち、その人はマイナスの影響を受けない。その人以外にとりつき、ろくでもないことは、そっちに発生する」

「つまり、結果的にプラスということになる」

と青年が補足すると、老人はうなずいた。

「そう」

「野犬みたいですね」

「そうさ。犬畜生だ。あのクンギッグのバギリンジめ」

「また新しい言葉が出てきましたが、なんですか、バギリンジとは」

「ある少数民族の言葉で、最もひとをばかにした意味のものだ」

「いったい、そもそも、そのクンギッグって、どんな意味なんです」

「わからん。名前か、呼びかけのあいさつに相当するものか、どっちかだろう。コンピューターを使ってあれこれ発音の組合せをやってみて、この答が出たのだ。あのとんちきめは、クンギッグと呼ばれると反応を示す」

「それで、あなたは成功なさったのですか」

「ああ。わたしによって成功した人の例は、ごらんになった通りだ。ああいうのを千人ちかく作った。その一パーセントがわたしのところに入る。つまり、十人分だ。普通の人の十人分じゃないよ。きわめて景気のいい人の、十人分なのだ。まあ、満足といえる状態だね」

「その一パーセントを惜しむ人は、出ませんか」

「いまのところはね。だれも、わたしに払うことになっている。なぜなら、わたしにはマイナスという事態は、起りえないからだ。かりに、絶対に払わないというこころみを、ある人がやったとする。矛盾、すなわちパラドックスとなる。やつはそれを防ぐため、優先しているわたしのために、その人を消してしまうかもしれない。あるいは、クンギッグという名を変えるかもしれない。いずれにせよ、当人にとって好ましいことではない。きみも気をつけてくれよ」

「わかりました」

「わたしは千人を限度として、それ以上はふやさないことにしている。だれもかれもがそうしたら、これまたパラドックス。平等な社会にはなるかもしれないが、成功ということもなくなり、あじけない世となってしまう」

「しかし、口から口へと伝わって……」

「そうはならんのだ……」

老人はそばのロッカーをあけ、ペンダントのようなものを出した。表にも裏にも、考えられる限りの、最もへたくそな曲線が描かれている。ながめていると、ドブネズミにも、なめくじにも、げじげじにも見えてくる。

「……これを首にかけてでないと、ききめがない。早くいえば、やつとの媒体だ。この合金の成分も、この図形も……」

「コンピューターによってですか」

「その力も借りたがね。もとはといえば、わたしの霊的なひらめきだ。過去において、どえらい成功をおさめた人たちは、たぶん独自に、クンギッグを追い払う方法を見つけたにちがいない。もっとも、そのころクンギッグという名だったかどうかは、わからんがね。しかし、わたしは欲ばりではない。千人の人に、それを分けてあげることにしたのだ」

「それを、いただけるんですか」

「そうだよ。きみはいい時に来た」

「まもなく締切りですね」

「そうとも限らない。時どき、かえしにくる人もいるしね」

「あなたへ払う一パーセントが惜しくてですか」

「それもあるだろうし、そうでない場合もあるだろう。人には、それぞれ考え方があるからね。これにたよらず、自分の力をためしたいという気になることだってある。ところで、あなたはどうします。やってみますか」

「もちろんですよ。平凡な人生を変えたいからこそ、ここへうかがったのです」

「では、これをお持ち下さい。それから、わたしへのお礼はお忘れなく。銀行の口座はですね……」

老人はそれを教え、ペンダントを渡してくれた。

青年はさっそくはじめた。他人に聞かれると、あいつ狂ったかと思われるので、適当な時間と場所をみはからってやる。

「この、うすぎたない、クンギッグ。くたばりやがれ。おれに近づいてみろ。ぶっ殺してやる……」

一日に三十分ずつ、三回、それをどなるのだ。こっちの意志は、ペンダントによってクンギッグに伝わるはずなのだ。

彼は会社をやめ、食料品店をはじめた。各地方の名産品をいろいろと取り寄せ、それを陳列した。手間はかかったが、それが特色となって、まあなんとかやっていけた。

がんばって、もっと利益を上げよう。青年は朝はやくから夜おそくまで働き、あいそよくふるまった。しかし、その割に、いまひとつ、ぱっとしない。こんなはずではないのに。先輩はもっと景気がよかった。彼はいつかのビルの〈クンギッグ対策研究所〉へ、老人をたずねた。

「はりきってやっているんですが、どうも思うように商売が伸びないのです」

「そろそろ来るだろうと思っていた。たいていの人は、一度はそうなる。発想の転換がうまくいってないのだ」

「では、どうしたらいいんでしょう」

「おろそかになってるんじゃないかな。クンギッグの悪口を言うのが」

「そうでした。思い当ります」

「悪口が最優先なのだ。仕事への熱中は、二の次、三の次でいい。ここだよ。どうやら、クンギッグのやろう、マゾヒズムの傾向を持った性格らしいのだ。けなされていると、いい気分になり、手出しをしない。わかったら、大いにがんばることだね」

「はい。そうします」

青年はその指示に従った。朝に三十分、夜に一時間と、声をからしてどなる。

「このクンギッグの、ばかやろう。はんぱ頭め。きさまのようなやつは、げじげじだ、くそ虫……」

ききめは、あらわれはじめた。少しはなれて商売をしていた食料品店がつぶれ、そこのお客が移ってきたのだ。利益があがり、となりの店を買い取って、売場を拡張した。店員もふやす。

なるほど、こうなのか。クンギッグ対策が、第一なのだ。悪口さえおこたらなければ、金はしぜんに入ってくるのだ。青年は、その生活のこつをおぼえた。もはや、金には困らない。思うままに遊ぶことができる。店員が売上げをごまかすこともない。なぜなら、彼にマイナスの現象が起るはずがないのだ。

しかし、やがて気がつく。これだと、結婚してくれる女性がいるだろうか。一日も休みなく、一定時間、クンギッグの悪口をわめかなくてはならないのだ。それに理解を持ってくれる女性が、出現してくれるかどうか。青年は、先輩の奥さんの逃げ出したわけがわかったような気もした。また、ペンダントをかえしに行く者のあるわけもわかった。

しかし、クンギッグのやつをののしっている限りは、万事順調なのだ。そのうち美人で理解のある女性があらわれないとも限らない。それまでは、好きなように遊んでいればいいのだ。

それにしても、いつまで悪口を言いつづけなければならないのだ。どうやら、永久にらしい。そう考えると、いささかうんざりする。しかし、もう以前の生活には戻れないのだ。

会社づとめだったころのことを思い出す。やはり、つまらないことの連続だった。それにくらべれば、金に不自由しないだけ、いまの生活のほうがいい。先輩だって、そう考えてこれを選んだのだろう。どの道を進むにしろ、人間、成功するには地道な努力をどこかでしなければならないようだ。

「この、うすばかの、不愉快な、胸のむかつく、クンギッグめ……」

どなりながら、青年は老人の言葉を、ふと思い出す。クンギッグはマゾヒズムの傾向があるとか言っていた。そのうち、もっと強烈な悪口をと、要求しはじめるのじゃないだろうか。そうなったら、はたして、いつまでもそれに応じられるかどうか。

その女

つまり、いつのまにか、そんな変なことになってしまっていたのだ。

なぜおれが、そんな状態におちいらなければならなかったのか、ぜんぜん心当りがない。おれは大学を出たてで、まだ独身。小さな商事会社につとめている。給料はまあまあだ。そして、マンションの一室に住んでいる。よく買えたなと思う人もあろうが、郷里で父が死に、そのあと兄が遺産の分配だといって、まとまった金を送ってきたので、こんな住宅が手に入ったのだ。

まあ、そんなことは、どうでもいい。問題とは、あまり関係のないことだ。おれがそれに気づいたのは、こんな形によってだった。

ある日、会社からの帰り。すれちがう人たちが、おれに妙な視線をむけるのだ。あんなような目つきで見られたのは、はじめてだ。ちょっと形容しがたいものだった。

その日、おれはマンションに帰ると、そのまま鏡にむかい、かなりの時間をついやして、自分の姿を観察した。とくに、どうという変化はない。いつも見なれた、ぱっとしない顔がそこにある。もう一枚の鏡を使って、うしろ姿を調べてみる。しかし、そこもなんともない。

他人とくらべて奇異な点は、なにもない。それなのに、なぜ人びとに見つめられるのか。さっぱり、わけがわからない。

ということは、気のせいなのだろう。べつに、会社を休む理由にはならない。つぎの日も、おれは出勤した。しかし、帰りとなると、また、あの視線に悩まされるのだ。ためしにと、一駅ほど歩いてみた。しかし、やはり同様。うしろから追い抜きながら、ふりかえってこっちを見るやつもいる。

「ふうん」

と首をかしげるやつもある。いったい、どういうことなんだ。若い女性も、複雑な視線をむけてくる。おれへの好意の目ならいいのだが、そうではないのだ。といって、どうなのかとなると、その説明はできない。

なぜおれが、あんな変な目で見られなければならないんだ。このあいだまでは、なんということもなかったのに。帰って、また鏡を見る。なんの原因も発見できない。

気のせいさ、忘れよう。そう努力はしてみたが、その現象はつづくのだった。帰りの電車で、たまたま空席があり、腰を下した。右どなりにはもうひとつ席があいているのに、だれも立ったまま、おれを見るほうに熱心で、そこにかけようとしない。

おりるべき駅が来たので、おれは席を立った。待ちかまえていたように、席が埋まる。どうも、あんまりいい気分ではない。それでも、解明のため、それだけのことはやった。

新聞や週刊誌を、少しさかのぼって読みなおした。いや、読んだのではない。だれか時の人で、おれに似たやつがいるのではないかと思ったのだ。しかし、それらしい写真は、のっていなかった。

それから、医者にも行ってみた。

「先生、ぼくの顔色はどうですか」

「まあ、そんなとこでしょうな。健康そのものですよ」

「だれもが、変な目で見るんです。となりの席へも、すわりたがらない。伝染病患者になったようなあつかいです」

「病気だとすれば、精神的な分野ですな。仕事で疲れたのでしょう」

「そうは働いていないんですがね」

要領をえないまま、そこを出る。急に売り出したタレントにそっくりなのがいるのかなとも思ったが、そうでもないらしい。なぜなら、幼い子供は、おれを特殊な目で見ないのだ。テレビとは関係がないらしい。

医者からもらった軽い精神安定剤とやらを飲んでみたが、ききめはなかった。おれ以外の連中に飲ませるべきなのじゃないだろうか。

会社の帰りに、同僚に声をかけた。

「いっしょに帰らないか」

「ちょっと、きょうは……」

気のない返事だった。帰る方角が同じなので、以前はよく同じ電車に乗って雑談をしたものだった。それが、このところ、故意におれを避けているようなのだ。

「なぜだい」

「なぜって。わかっているくせに。おたがい、ぐあいが悪いじゃないか」

同僚はなにかを知っているらしいのだが、話してはくれなかった。しいて説明を求めるわけにもいかない。わかっているくせに、とまで言われたのでは……。

しかし、やがて、なぞのとける時がきた。ある日、帰宅して、夕刊を見ながらウイスキーの水割りを飲んでいると、電話がかかってきた。学校時代の友人からだった。その第一声は、こうだった。

「驚いたね。きみが、ああなったとは。なんと言ったものか、電話をかけたくもなるというものだぜ」

「いったい、なんのことだ」

「おいおい、とぼけるのか」

その友人とはかなり親しい仲だったので、この際とばかり、おれは聞いた。

「とぼけてなんかいないよ。正直なところ、困っているんだ。電話をかけたくなったわけを聞かせてくれよ」

「変な話だな。心当りがないっていうのか」

「ああ。たのむ、教えてくれ」

「きのうの夕方、街できみをみかけたんだ。声をかけようかとも思ったんだが、そうもできなくてね」

「なぜだい。親友なのに」

「しかし、あんな美人といっしょじゃあな。見たとたん息をのむとは、あんな場合に使う言葉だな。それをじゃましちゃあ、悪いものな。だからこそ、こんなふうに、あとで祝福の電話を……」

「美人だって……」

「彼女がきみのものじゃなければ、あとをつけていって、すきをみてくどきたくなっただろうな」

「ぼくのものだって……」

「あの、寄りそった歩き方は、だれが見たってそう思うさ」

「そんなに美人かね」

「グラマーだけど品があり、色が白くて、目がきれいだ。おいおい、こんな説明を、こっちにさせる気か。恋は人を盲目にするっていうけど、自分の女の美しさを忘れてしまうなんて、どうかしているぜ。しっかりしろよ。他人に取られないようにな……」

うそをつくような友人ではない。となると、彼の言う通りなのかもしれない。そうだとすれば、いちおうの説明がつけられる。おれには、どえらい美人がつきまとっているらしいのだ。もっとも、当人である、おれの目にだけは見えないが。

幽霊にとりつかれてしまったらしい。おれはいつもふられるほうで、失恋させて悲しませた女などいない。そのあげく女が自殺したなんてことは、起りようがないのだ。殺人でもしたのなら、むくいを受けても仕方ないが、おれはそんなことのできる男ではないのだ。

翌日、おれは会社の帰りにお寺へ寄り、そこの住職に話した。

「突然こんなことをお願いするのは、どうかと思うんですが、お礼はいたします。ぼくには女の亡霊が、とりついているらしいんです。それを成仏させてあげて下さい」

「おきれいな女性をお連れになって、これを成仏させろとは、どういうおつもりです。ここでおふざけは困ります」

相手を怒らせてしまった。この道のプロであるはずの住職の目にも、女は現実の人間に見え、少しも亡霊のような印象を与えないらしいのだ。

とてつもない美人なのだろう。すれちがう男の視線には、驚嘆と、うらやましさと、あんなやつにはもったいないという感じがこもっている。女の視線には……。

おれにはわからないが、女が同性の美人にはこんな目をむけるのかと、うなずかせるなにかを含んでいる。どうやらすべての他人には、彼女は現実の存在らしい。

こんな場合、おれはどんな態度を取ればいいのだ。自慢そうな顔をすればいいのか、申しわけないといった感じになればいいのか、おれの目にはなんにも見えないのだから、手のつけようがない。人かげのないところで立ち止り、話しかけてみる。

「どういうことなんだい」

返事はない。なまめかしい声で答えているのかもしれないが、おれの耳には、なんにも聞えない。

「姿を見せるか、それがだめなら消えるか、どっちかにしてくれよ」

答えはなく、ひとりごとになってしまう。けはいすら感じさせないのだから、しまつにおえない。そして、依然として見えないのだ。また、消えたのでないことは、他人の視線に変化のないことでわかる。

これは、どういう現象なのだろう。おれだけに見えるのなら幻覚といえるが、その逆なのだ。それなら幽霊か。しかし、いわゆる幽霊といった感じでなく、実在感のあるとびきりの美女らしいのだ。

こんないらいらすることは、ないぜ。たぐいまれなる美女につきまとわれながら、さわるどころか、見ることもできないなんて。くやしくてならない。なんで、こんな目に会わなくちゃならないんだ。

もっとも、一日中そばにつきっきりというのではないらしい。朝の通勤の時や、会社での仕事の時には、そばにいないらしい。いたとしたら、会社の上司に「その女はなんだ」と聞かれるだろうし、おれだって答えようがない。しかし、会社から出て自由な時間になると、どこからともなく現れ、おれのそばにまとわりつく。

そして、おれがなにかをはじめると、一時的に離れるらしい。医者へ行った時、彼女に関したことは、なにも言われなかった。たぶん、そとで待っていたのだろう。もう一回、医者へ行っても無意味なのだ。

「ぼくにとりついている幻の女を、実在のものにして下さい」

などと強硬にたのんだら、変に思われ、重症と診断されたら、入院させられてしまう。彼女がそばにいたらいたで、やはり結果は入院だろう。

レストランやバーに入る時にも、離れるらしい。昔の怪談にそんなのがあった。たのみもしないのに二人分の料理が出され、わけを聞くとお連れのかたがと答えられ、主人公は思い当ってぞっとするというような話だ。しかし、おれの女は、そうではないらしい。料理は一人前しか出されない。そのあいだ、彼女はどうしているのか、おれには知りようがないのだ。

探偵にでもたのんで、調べてもらおうかとも思った。しかし、まともな報告書が来るとは、期待できない。引き受けるほうだって、ばかにされたような気分になるだろう。あなたとごいっしょに、仲よくお歩きになっておいででした。そんな内容のものになるにきまっている。また、普通の女じゃないのだ。尾行をまくぐらい、簡単にやってのけるだろう。

〈最後はマンションのお部屋に、ごいっしょにお入りになりました〉

読まされる、おれの身にもなってみろ。

女はいま、この部屋のなかにいるのかもしれない。そう考えることもある。しかし、おれにとっては、無の存在なのだ。他人の視線によってしか、察知しえない。だれか来客がいればとも思うが、そうなると、たぶんそばを離れてしまうだろう。

帰る方角の同じ同僚が、会社でおれにこんなことも言った。

「あの、きみの彼女のことだけどさ……」

「どうかしたかい」

こんな返事ができる程度には、おれも順応してきている。

「どうして、もっとやさしくしてあげないんだい」

「あまり口を出さないでもらいたいな」

「しかしね、ほかの男に手を出されたら、つまらないじゃないか。ひとごとながら、気になるよ」

「まあ、いいさ。ほっといてくれ」

おれが平然としているので、彼は意外そうな表情だった。たしかに、他人には絶世の美女なんだろうが、おれにとっては、どうってこともないのだ。

そのうち、だれかが、おれのすきをみて彼女をくどき、心をひきつけてしまうかもしれない。おれのものでなくなるわけだ。その瞬間から、そいつの目には見えない存在となり、おれには、あんな美女がという感想をいだかせる実在になるのかもしれない。そうなっても、平気でいられるかどうか。

なってみなければ、わからない。

あれこれ考えたって、どうしようもないのだ。おれは気をまぎらすため、バーに寄るようになった。そのバーには何人もの女の子がいるが、ミドリという子といつのまにか仲よくなった。おとなしく、おれの好みに合い、いい話し相手になってくれた。美しさの点では、幻の美女にはとても及ばないだろうが……。

酒を飲みながら、おれは打ちあける。

「じつは、変な美人につきまとわれて、弱っているんだ。こんな話はきざだろうけど」

「そういうことも、あるかもしれないわね。あたしだって、金持ちでハンサムだからといって、必ずしも好きになるとは限らないもの」

「いいこと言ってくれるね。さて、そろそろ帰るとするか。すまないけど、そとを見てきてくれないか。そのへんで待っているかもしれない」

「どんな人なの」

「目立つから、すぐにわかるさ。一見上品で、色白のグラマーだ」

ミドリが戻ってきて言う。

「そんな人、いないわよ」

おれは酔い心地で帰途につく。おれは酔うと、うつらうつらする体質なのだ。出現してそばに来たかもしれないが、車内ではどうでもいいという気分だった。

ミドリのいるバーに、おれはしばしば寄るようになった。群衆のなかでひとりになると、幻の女が現れる。それは決して、こころよいものではない。

ミドリと親しくなり、話しあっていると、少なくともそのあいだだけは、あれもそばにいないでいてくれるのだ。おれの気分も、いくらかほぐれる。

ある朝、ベルの音で目をさまさせられ、ドアをあけると、男が立っていてこう言った。

「警察の者です」

「どんなご用です」

「ちょっと署までご同行ねがいます」

さからうこともないので、おれは服を着かえてついていった。刑事がおれに言った。

「あなたは容疑者です」

おれは、びっくりした。

「なんの事件です。犯罪なんて、器用なことはできません。万引でさえ……」

「発言には、注意なさったほうがいいと思いますよ。一昨日の夜、あのマンションのそばで殺人があった」

「そうでしたか。だれが殺されたのです」

「女の人ですよ。いつもあなたと歩いているのを、多くの人が見ている。評判の美人といったところですな。ですから、ほかに思いを寄せる男だって出るでしょう。彼女も、まんざらでもないという気になる。あなたにとっては、不愉快なことです。なぜ、ほかの男となれなれしくするのかと、言い争ったあげく、首をしめてしまう」

「待って下さいよ、刑事さん。言い寄った男が、うまく話が進まないので、殺すことだって……」

「あれだけの美人だと、男にとっては貴重な宝物のようなものです。こわしてしまう気にはなれません。しかし、所有者だったら、他人にいじられるくらいならと……」

「そんないいかげんな理屈で、ぼくを犯人あつかいするなんて」

「だから、容疑者なんですよ。いろいろと聞いて回ったところによると、あなたは彼女に対し、いつもそっけなかったそうですね」

「そうかもしれません」

「そのようすを見て、それだったら自分がと、彼女に話しかけたくなる男だって現れる。いざそうなると、あなたはいやな気持ちでしょう。かっとなりもする」

「いったい、その女は、ぼくのなんなのです」

「それを聞きたいのは、こっちですよ。あなたときわめて親しい仲だったことは、多くの人の話でたしかめました」

どうやら、やっかいなことになったようだ。おれは言った。

「いったい、どんな女が殺されたのです。見たいものですね」

「これが現場の写真だ。顔がはっきりうつっているだろう」

刑事の出したそれを、おれは胸をときめかせてのぞきこんだ。しかし、ただの道ばたの写真で、人の姿はなにもうつっていなかった。

「なにも、うつっていないじゃありませんか」

「そんな弁解は、はじめてだ。冗談はいいかげんにしてくれ。こんなにはっきり……」

「しかし、ぼくには見えません」

「死体そのものを見せろとでも言うのか。そうしてもいいが、なんだか、いまと同じことを言いそうだな」

「きっと、そうなるでしょうね」

「そういう態度が最もいけない。きみは第一の容疑者なのだ。もっと、まじめに答えなければ……」

「ぼくが犯人だっていう証拠はあるんですか」

「それは、ない。しかし、容疑は濃厚なのだ。反証を考えなくてはならない立場にあるんだよ」

「犯行は、何時ごろだったのです」

「一昨日の、午後十一時半ごろだ」

「あ、その時刻だったら、ぼくはべつなところにいましたよ」

「どこにいたんだね」

「ミドリという女の子と、いっしょでしたよ。バーで飲み、その閉店のあと、いっしょに散歩し、帰宅したのが一時ごろだったかな。なんで帰ったろう。酔ってタクシーへ乗ったまではおぼえているが、彼女に聞けば、はっきりしますよ」

刑事はさらに、なんだかんだとくりかえして聞いたが、おれはそれ以外に答えようがなかった。目の前の写真にはなにもうつっていないし、ミドリに聞いてくれれば、アリバイははっきりするのだ。

夕方になる。刑事はおれの主張に負け、バーまでついてきてくれた。途中で逃げるのではないかと、かなり注意もしていたようだ。おれは、それよりも、ミドリがいいかげんな答えをするのではないかと、そのほうが心配でならなかった。

バーに入る。あたりを見まわす。ミドリはちゃんといてくれた。

「ほっとしたよ、いてくれて。刑事さん、彼女にたしかめてみて下さい。これで万事解決ですよ」

こうおれが言ったが、刑事は顔をしかめた。

「どこの、だれのことだ」

「この女ですよ」

おれはそばへ寄って、ミドリを抱きしめた。手ごたえのある、魅力的な肉体だ。無実を立証してくれる、唯一の女性。しかし、刑事は言う。

「妙なお芝居はよせ。こっちまで頭がおかしくなる」

驚いたことに、このミドリという女が見えないらしい。いや、刑事だけではないようだ。まわりで女たちの話し声がする。

「ミドリって名の女の子、この店にはいないわよ。そのお客さん、いつもおひとりで、考えごとをしながら静かにお飲みだったわ」

どこかの事件

朝の食事の時、玲子は夫に言った。

「あなた、きのうの夜中、眠りながら、なにかつぶやいていたわよ」

「そうかい。たぶん夢でも見ていたんだろうな。どんなのだったか、ぜんぜん思い出せないが」

夫は平然としていた。

「だけど、あなたのねごとなんて、はじめてよ。会社のお仕事かなんかで、悩みごとでもあるんじゃやないの」

「さあ、べつに心当りもないな。つまらんことに、くよくよすべからず。これがおれの方針なんだ」

方針や人生観というより、それが彼の性格なのだった。つとめ先の会社では、いとも楽しげに失敗をやってのけ、あまり反省をしない。のんきなものだった。そんな社員なので、昇進もしないままだった。しかし、結婚して三年、まだ子供もなく、生活だけはなんとかなっていた。

「そうね。あなたのような人が、悩むわけないわね」

玲子にとって、その点が悩みだった。いささか、ものたりない。しかし、すぐ深刻になるより、このほうがましかもしれなかった。

その夜、玲子はまた、夫のつぶやきで目をさました。どことなく気になっていたし、また、きのうより少し大きな声になっていたためでもあった。彼は低くつぶやいている。玲子は耳を近づけ、それを聞きとった。

「ワタナベのやろう、あのままにはしておけない……」

そんなことを、くりかえして口にしている。玲子はひとりうなずいた。やっぱり、あたしには言えない、なにか悩みごとがあるんだわ。仕事の世界となると、毎日なにもかも、すべて支障なく進行するというわけにはいかない。いくら楽天的な性格だって、いやな感情にとらわれることも、あるはずだわ。それとなくいたわってあげるのが、妻の役目なんでしょうね。

その日の夕食を、玲子はちょっと豪華にした。それに酒も用意した。夫は満足げに味わいながら言った。

「きょうは、いやにサービスがいいな。なにかあったのか」

「なんということもないけど、あなた、あまり会社でむりをしないでね。からだをこわしたり、ノイローゼになったりしちゃ、もともこもないわよ」

「ああ」

「食べて飲んで、ぐっすり眠って、くよくよしない毎日を送ってね」

「あらためて言われるまでもないよ。おれはそうしようと、つとめている。これからも毎日、ごちそうを食べさせてくれるのかい」

「ええ、そのつもりよ」

「いったい、なんでそんな心境になったんだい。雑誌の記事の影響かなんかかい」

「まあ、そんなとこね」

「おれにとっては、ありがたい話だよ。じゃあ、ぐっすり眠るとするか。あしたあさってと休みだし」

　というわけで眠りについたが、その夜も彼はねごとを言った。それがはじまったとたん、玲子は目をさます。いくらか神経質になっていたのだ。時計をのぞくと、午前一時。言葉はきのうよりもはっきりしていて、さらに強まった口調だった。

「あの、ワタナベのやろう、生かしておくわけにいかない。あいつが生きていると、おれの人生はめちゃめちゃだ……」

　くりかえして、そうしゃべりつづけるのだった。眠ったままなのに、口だけが動いて、そこから言葉が流れ出つづけている。背中がぞくぞくするような気分。玲子は助けを求めたかったが、それはこの夫しかいないのだ。彼のからだを、強く揺り動かした。

「ねえ、あなた、起きてよ……」

しばらくつづけると、夫はやっと眠そうな声をあげた。

「なんだ、せっかくいい気持ちで眠っているのに。火事か、泥棒か……」

「そんなんじゃないの。あなた、いまなにか夢を見た……」

「なんだ、とつぜん。さあ、見たかもしれないが、思い出せない。ということは、たいした夢じゃないんだろう。強烈なものじゃないことは、たしかだ。くだらんことで起さないでくれ。ぐっすり眠れと言ったのは、だれなんだ」

夫はふたたび、すぐ眠りに戻ってしまった。もはや、なにも口にしない。さっきのことが、うそのようだった。しかし、玲子のほうは、なかなか眠りにつけなかった。

つぎの朝、おそい朝食をとりながら、玲子は聞いた。

「あなた、ワタナベさんて、だれのこと」

「さあ、急に言われても、そういう名の人は多いからな」

「あなたがうらんでいる人よ」

「おれには、他人をうらむことができないんでね。そこがおれの長所でもあり、ひとに言わせれば欠点でもあるそうだがね」

「そうでしょうけど、あたし、気になるのよ。あなたがねごとで、その名をつぶやいたんですもの。うらむという程度までいっていなくても、肌があわないといった感じの人はいないの」

「さあね。会社に、ワタナベという部長がいる。おれの部ではないがね。しかし、いい人だ。いつだったか、バーでたまたまいっしょになった時、酒をおごってくれ、いろいろとはげましてくれた。あと、会社でワタナベというと、そうだ、もうひとりいた……」

夫はちょっと舌を出し、玲子はうながした。

「どんな人なのよ」

「若い女の子だ。かなりの美人で、みなの注目の的になっている。そういえば、夢に出てきたかもしれない。おれも呼びかけたかもしれない。ははあ、おまえ、それを気にしてるんだな。しかし、若くてスマートな独身の社員もいることだし、おれとどうかなるなんてことは、ありえない。そう心配するな」

「ちがうわ。男性よ。あなた、ワタナベのやろう、って言ってたもの。ほかにいないの。そういう姓の人は……」

「お得意先に一軒ある。しかし、とくにどうということもない。支払いをしぶるなんてこともない。あ、近所のかかりつけのお医者の先生も、ワタナベさんだ。あれも悪い人じゃない。なんだか、ワタナベって、みないい人のようだぜ」

「だけど、だれかいるはずよ」

「どうやら、おまえは、おれとワタナベとを仲たがいさせたがってるようだが、いったい、どのワタナベとだ」

「それを知りたいのは、あたしのほうよ。ねごとじゃ、あなた、かなりその人をうらんでいたわ」

「くだらん。ねごとまで責任は持てないよ。眠っている時のおれは、ちゃんとしている時のおれじゃないんだ。質問は、そっちにむかってやってくれ。しかし、なぜ、たかがねごとなのに、そう問題にするんだ」

「なんだかしらないけど、心配なのよ」

それが玲子の正直な感想だった。夜中のあの印象は、容易に頭から消えなかった。その夜、彼女は睡眠薬を飲んだ。ききめはあり、夜中に目ざめることもなかった。そのつぎの夜もそうした。

月曜となり、会社から帰った夫が言った。

「おまえがあまりさわぐから、一応やるだけのことはやったよ。きょう、会って話したり、電話をかけたりし、帰りには医者にも寄った。つまり、知っている限りのワタナベに聞いてみたんだ。おれとのあいだに感情の行きちがいがあるだろうか、おれをきらいかとね。ずっとごぶさたしている学生時代の友人だったやつにも、電話してみた」

「で、どうだったの」

「みな、おれを好きだと言ってくれた。もっとも、ひとりだけ口を濁したがね」

「だれなの、それは」

「社の女の子さ」

「でしょうね。あなたにむかって、好きとは公然と言えないものね」

「以上のごとしだ。医者のワタナベ先生も、そう気にするなと言ってくれた。この上、おれを神経科の専門医に行かせたいかね。行く気はないし、行ったって、なにも出てこないにきまっている」

「そうでしょうね」

「たかが、ねごとだ。おまえが気にするのは勝手だが、おれまで巻きぞえにしないでくれ。ぐっすり眠らせてくれ」

「ええ」

その夜、玲子は睡眠薬を使わなかった。すると、またも目ざめさせられた。夫が眠りながらつぶやいている。

「ワタナベのやろう、殺してやる。きっと殺してやるからな……」

「いったい、だれなのよ。その、ワタナベって人は」

玲子は聞いたが、ねごとはつづく。

「おれの決意は変らん。人通りのない帰り道で待ち伏せ、石を投げて頭に命中させてやる。そのため、何日もひそかに練習したのだ。一発で殺せるだろう。だめだったとしても、気を失うのは確実だ。そこで首をしめあげればいい。必ずやるからな」

驚くべきことだった。このあいだより一段とすごくなっている。それを聞き、玲子は朝まで眠れなかった。食事の時、夫に言う。

「あなた大丈夫」

「ぐっすり眠って、すっきりした。からだの調子もいい」

「きのうの夜、あなた、ねごとでワタナベを殺すって言ってたわよ」

「おまえは、よほど、そのワタナベってやつが、きらいなんだな。おれをそそのかして、殺させたいみたいだ。くどいようだが、どういうことなんだ」

「知らないわよ。だから心配なのよ。石をそいつの頭に命中させるために、投げる練習をしているんだって」

「おれが、いつ、そんなことをやった。ばかばかしい。人を殺すには、かなりの重さの石でなければだめだろう。そんな練習をやったら、肩を痛めるのがおちだ。それに、おれはボールでさえ、うまく投げられない。おまえだって知っているだろう」

「そうだったわね。だけど、あのねごと、いやにはっきりしていたわ……」

玲子は考えこみ、やがて言った。

「……もしかしたら、これは一種の予言なのかもしれないわ。だれかが、どこかのワタナベって人を殺そうとしているのよ」

「おまえは、想像力が豊かだなあ。おれにはとても考えつかんことだ。あるいは、そうかもしれん。しかし、だからといって、どうしようもない。全国のワタナベさんとなると、数えきれない。その全部に注意の予告なんて、とてもできっこない。新聞社に電話するか。ワタナベさんが危いという、神のお告げがありましたと。とても、まともにあつかってくれまい。つまり、手のつけようがないというわけだ。ほかに、なにかいい方法があるかい」

「なさそうね……」

まさに、その通りだった。

その夜のねごとは、さらに緊迫した不穏なものとなっていた。

「きょうこそ、あのワタナベのやろうを、しまつしてやる……」

それを聞いて玲子はびくりとし、反射的に夫を揺り起した。

「ねえ、あなた、しっかりして」

「うるさい。またか。いいかげんにしろ」

「あなた、殺しに行くって言ってたわよ」

「ねごとでだろう。そんなめんどくさいこと、だれがやるものか。おれはねむいんだ。つまらんことでさわぐな」

と言い、夫はまた眠りについた。しかし、玲子はそのまま朝まで眠れなかった。夫がいつ起きあがり、人を殺しに出かけるかもしれない。それが心配でならなかったのだ。しかし、彼はやすらかな呼吸をくりかえし、ずっと眠りつづけだった。朝になり、彼女はほっとすると同時に、いささか腹立たしいような気分になった。

夫の出勤したあと、玲子はねそべり、うつらうつらし、眠りの不足分をおぎなった。

夕方になり、夫が帰宅する。食事をしながらなにげなくテレビを見ていると、ニュースの時、アナウンサーがしゃべった。けさ、ワタナベという人の死体が道ばたで発見されたと。ナイトクラブの経営者で、石で頭をなぐられ、首をしめられていた。午前二時ごろ、帰宅の途中でやられたと推定され、警察では調査を開始した……。

「あなた、いまのを聞いた」

「ああ、面白い事件だな」

「面白いじゃ、すまないわよ。あなたのねごとの通りの事件が起ったのよ」

「そうかもしれないが、おれの知ったことか。だいたい、おれはねごとを言ったおぼえもないし、聞いたこともないんだぜ」

平然たるものだった。自分では知らないのだから、それももっともなことといえた。

「あなたには実感のないことでしょうけど、あたしはそれを聞いているのよ。気になるわ。なぜ、あんなねごとを、あなたが言ったのかしら」

「おれにわかるわけ、ないだろう。むりに説明すれば、こんなところかな。早くいえば、混信みたいなものじゃないだろうか。その犯人の波長と、おれの波長とが、たまたま一致していた。そのために、やつの心の叫びがこっちへとどいて、おれの口から出てきたんだろう」

「なんだか、きみが悪いわ」

「気にするな。つまり、この場合、おれはただの受信機さ。おれにはなんの責任もない。殺してなんかいないことは、たしかなんだ。そもそも、他人のことなんだ。ほっぽっておけ」

「それはそうだけど、妙な気分よ。でも、これで一段落のようね。あたしも安心して眠れるというわけね」

しかし、そうはいかなかった。玲子はその夜もまた、ねごとを聞いたのだ。その時刻になると、つい目がさめてしまう。夫はつぶやいていた。

「やっとワタナベをやっつけたし、これでよし。めでたしめでたしだ。まったく、いやなやつだった。ふとしたことでおれの弱味をにぎり、それをたねにおどし、金を巻き上げつづけだった。ついに支払いきれなくなり、おれのがまんも限界にきて、やってしまったのだ。やつにとっては自業自得さ」

つぎの朝、玲子はそのことを夫に話した。

「きのうのテレビのワタナベ殺しのことだけどね、原因は脅迫だったようよ」

「どうしてわかった」

「昨夜、あなたがねごとで言っていたの」

「そうかい。あの混信、まだつづいてるってわけか。なるほど」

「あなたって、神経がふといのね」

「そんなとこだろうな。もっとも、おまえがねごとをしゃべり、おれが聞いてこうなったとなると、少しはちがうかもしれないが」

「このままでいいのかしら、犯人についての手がかりなのよ」

「おいおい、警察に届ける気かい。やめとけよ。だれが信じてくれる。録音をとってないんだぜ。かりに、とっておいたとしても、作りものと思われるにきまっている。そのうち、こいつら、どういうつもりなのだろうと疑われるのがおちだ。つまらんことになる。殺されたのも殺したのも、われわれと関係のないやつじゃないか」

「それもそうだけど……」

理屈では夫の言う通りなのだ。しかし、それからも玲子は毎晩、ねごとにつきあわされてしまうのだった。

「ワタナベのやろう、ざまあみろってんだ。胸がすっとしたぜ。あの祝杯の酒ほどうまいものはなかった」

そのうち、こんなふうにもなった。

「どうも、ようすがおかしい。やつの未亡人が勘づいたらしい。えらいことになりやがった。あの女、犯罪組織に知りあいがいたようだ。そんな関係で、殺し屋をやとったとかいううわさだ」

事態は警戒すべき方向にむかっているようだった。玲子はそのことを夫に話した。

「あなた、殺されたワタナベの未亡人、犯人に気づいたようよ」

「ありうることだろうな。きっと、脅迫の材料の書類かなにかを、銀行の貸金庫のなかででも、見つけたんだろうさ。で、警察へ知らせたのか」

「そうじゃないの。殺し屋をやとって、けりをつけるつもりらしいの」

「そうしたければ、すればいいさ。おれの知ったことか」

「あたし、あなたの身が心配なのよ」

「しっかりしてくれよ。おれは、なにもやっちゃいないんだぜ。しかし、面白いなあ。おまえがいちいち話してくれるんで、おれはテレビや新聞で報道されない事件を、こんなふうに楽しめる。くだらんドラマより、ずっと面白い」

「あなたって、ふしぎな考え方をする人なのねえ」

夫のねごとは、つづく。

「人目をさけながら、ほうぼうとまりあるくというのは、いいものじゃないな。いつやられるかと、緊張と不安の連続だ」

朝になると、こんどは夫が聞いた。

「そのご、どんなふうに進展している」

「殺し屋から逃げながら、旅から旅の生活のようよ。なんだか、気の毒になってきたわ。もしかしたら、あなたがやられるんじゃないかと、ねごとを聞いていると、気になってならないわ」

「くどいようだが、おれは犯人じゃないんだぜ。そんなに心配なら、警察へ届けたらどうだ。未亡人が殺し屋をやとったって。しかし、おれは行かないぜ。おれはなんにも知らないんだから」

「警察へ知らせようかと思うけど、よく考えるとだめね。信じてくれっこないし、信じたとしたら、なぜもっと早く言わなかったと、怒られるでしょうしね」

「そうさ。警察って、そんなところさ」

何日かし、ねごとはこうなった。

「ま、まってくれ。やめてくれ、命だけは助けてくれ。金なら、なんとかするから。あ、あ、うう……」

そして、そこで終ってしまった。玲子は夫の顔に手をかざした。ちゃんと呼吸はつづいている。それをたしかめ、ほっとした。殺されたのは、どこかの男なのだ。

翌朝、玲子は夫に報告した。

「とうとう、殺し屋にやられちゃったみたいよ」

「だれのことだっけ」

「あなたよ。あら、ちがった。あのワタナベ殺しの犯人よ」

「そうか、ついに一巻の終りか」

「死にたくないって殺し屋にたのんでたけど、だめだったようよ。どんな人だったか、新聞にのるかしら。ちょっと知りたいわね」

「さあね、のらないんじゃないかな。本職の殺し屋のしわざだったとしたら、死体はうまくしまつしてしまうんじゃないかな。となると、なかなか発覚しないぜ」

「あなた、ねごとの人が殺されたと知って、なんともない」

「感想はべつにないね。しかし、こんどこそ本当に幕という形か」

「そうみたいね」

「そう思うと、少しつまらないな」

「あたしもよ。正直いって、ずっとスリルを味わいつづけだったわ。つぎの日に、あなたに話すのが楽しみだったもの。終ってしまって、ちょっとがっかりよ」

「これで今夜から、おたがいに安眠というわけか。もう夜中に起されることもないな」

「ええ」

しかし、ことはそう運ばなかった。その夜、玲子はまたも声によってめざめさせられた。夫が眠ったまま、低くうなっている。その言葉は、はっきりと聞きとれた。

「うらめしや、うらめしや……」

そして、そのつぎの夜も、そのつぎの夜も……。

林の人かげ

林のそばの草原で、若い男と女とがキャンプをしていた。

「静かだし、空気がいいし、なにもかもすばらしいわねえ」

夕日を眺めながら女が言い、男がうなずく。

「ああ、それに、きみといっしょだしね」

男は銀行づとめ。女はごくたまにしか売れなかったが画家だった。二人の性格はかなりちがっていたが、そのためか、なんとなく気が合い、恋愛関係にあり、すでに婚約していた。だから、こんなふうにキャンプにやってきても、どこからも文句は出ない。男の休暇を利用し、この山すそにやってきたのだった。

あたりは、しだいに暗くなる。食事を作ったたき火が、まだ燃えていた。炎がゆらぎ、二人はロマンチックなムードで話しあっていた。

そのうち、女が言った。

「あら、だれか人が歩いているわ」

「本当かい。この暗さだ。人と見わけがつかないと思うがな」

「あたしには見えるわ。ほら、あそこよ」

女の指さすほうを、男も見た。

「ああ、ほんとだ」

そこは林のなかで、月も出ていず、星の光だけなのに、その姿はわりとはっきりわかった。目をこらすと、顔つきも知ることができた。やせた老人がひとり、たよりなげな足どりで、山のほうへと坂をのぼってゆく。

「たき火をしているのだから、あたしたちがいるのに気がつきそうなものなのにね」

「たぶん、ぼくたち二人のじゃまをしちゃ悪いと思ってるんだろうよ。それに、このへんの老人は、社交的じゃないのさ」

「あたし、呼んでみるわ。紅茶の残ったのでも、ごちそうしてあげましょうよ。なにか珍しい話でも聞けるかもしれないわ」

そして、女は「おーい」と呼びかけた。

しかし、老人はこっちをむいたり足を止めたりすることなく、歩きつづけ、やがて木のむこうへと去り、見えなくなってしまった。

「耳が遠いようだな」

「偏屈なのよ。ひとが親切に声をかけたのに。失礼しちゃうわ」

二人はまだしばらく起きていたが、老人の戻ってくるのは見なかった。

つぎの日、二人はなんとはなしに一日をすごした。ねそべって、おしゃべりをする。愛し合っている彼らにとって、時間はたちまちのうちにすぎてゆく。

また、夜となった。たき火から目をあげて、女が言った。

「あら、また人よ。きのうと同じところ」

五歳ぐらいの女の子だった。どんな用事でかはわからないが、ひとりで林のなかを歩いている。

「妙な感じだなあ」

「呼んでみるわ。いくらなんでも、耳が遠いなんてこと、ないと思うわ」

女はまた「おーい」と声をあげた。しかし、きのうの老人と同様、女の子はなんの反応も示さず、そのまま行ってしまった。

「だめだったな。無視されちゃった」

「このへんじゃだれも、人づきあいが悪いのね。だから観光地にもならず、にぎわわないのよ」

「まあ、そのかわり、変に俗化せず、自然が保たれているともいえるだろうな」

「それはそうね」

二人がテントに入って眠ろうとする少し前、こんどは中年のふとった女の姿を見て、男が言った。

「また人が歩いている。こんな夜ふけだというのに。どういうつもりなんだろう」

「どうせ、だめなんでしょうけど、あたし呼んでみるわ」

女はそれをこころみた。しかし、やはりだめだった。

朝になる。男は、昨夜とその前の夜のことを思い出しながら言った。

「ふしぎだなあ。あのへんは林のなかで一段と暗いはずなのに、ぼくたちは歩く人たちの姿を見ることができた」

「道でもあって、上から星の光がそそいでたんじゃないかしら。そうだわ。あたしたちも行ってみましょうよ。ここに一日中いるんじゃ退屈だし、あの人たち、どこへ行ったか知りたいもの」

「なんだか、気が進まないなあ」

「だけど、ほかにすることもないじゃないの。せめて、どんな道だか見てみましょうよ」

女は男をうながし、林のなかへ入った。

「このへんだったはずだがな」

「そうよ。でも変ねえ。道らしいもの、なんにもないわ」

二人はさらにあたりをさがしたが、人の歩いたあとらしきものは見いだせなかった。

「三人ぐらい歩いた程度じゃ、あとも残らないんだろうな」

「だけど、あの人たち、歩きなれてるって感じだったわよ。あなたもそう感じたでしょ。よそ者には見わけがつかないけど、村の人たちだけにわかる道が、夜になるとここに現われるのかしら」

「おいおい、きみの悪いことを言わないでくれよ」

「でも、あたしたち、たしかに人が通るのを見たわね」

「ああ、幻覚じゃなかったようだ」

「今夜、あとをつけてみない。老人や女子供に行けるんだから、たいしたことはないはずよ」

「しかし、地図にはなにものっていない。眺めた感じでも、そう遠くないところに、なにかがあるとは思えない。そもそも、道がないじゃないか」

「だから、知りたいのよ。目的も用事もなしに人が出かけるなんて、考えられないわ。このままじゃ、あとで気になるわよ。ねえ、やってみましょうよ」

女は熱心だったが、男はさほどではなかった。

「しかし、それには準備をしなくちゃ。ここからすぐとは限らないんだぜ。懐中電灯の電池も、きれかかっている。帰りに消えたらことだ。また、道に迷うかもしれない。ビスケットなんかも持ってってったほうが、いいかもしれない。まず、村へおりて、いろんなものを補充してからだ」

「それもそうね」

二人は村へおりた。そして、小さな店であれこれ買物をした。男が金を支払っている時、女はメモ用紙にスケッチをし、店の人に聞いた。

「こんな人、知らない……」

林のなかでみかけた老人だった。

「おや、虎吉じいさんじゃないか。あんたがた、たずねてきなさったのかね。それだったら、惜しいことだったで……」

「ご存じなの」

「ああ、よく知っているよ」

「それで、惜しいって、なぜ……」

「二日ほど前に、死んでしまってね」

それを聞き、二人は顔を見あわせ、目を丸くした。女はさらに、二枚のスケッチを描いて店の人に見せた。

「じゃあ、この人たちは……」

「さあ、その女の人は見かけたことがあるが、名前は知らない。子供のほうは、よくわかんないな……」

少し先の村役場に行けば、だれかが教えてくれるかもしれないとのことだった。二人はそこへ寄った。そして、ふとった女も子供も、少しはなれた村の人で、死亡したばかりだということが判明した。

「ぼくたち、山でキャンプをしていて、昨夜、この人たちの姿を見かけたんですよ」

男が言うと、役場の人は答えた。

「そういうことも、あるかもしれませんな。死者たちの霊魂は、山へ帰るという話ですから。昔からそんな伝説があるんです。なんでしたら、この地方の伝説のパンフレットをさしあげましょう。予算がないので、薄っぺらなものですが」

二人はそれをもらい、テントのあるところへ戻った。女は少し興奮ぎみだった。

「あれ、霊魂の道だったのね。それで足あとがなかったのね。普通の道で遠まわりするより、林のなかを抜けたほうが、山へは近いわけよ。あたしたち、新発見したのよ」

男は、パンフレットを読みながら言った。

「どうやら、このあたりの村の人たちは、死ぬと山へ帰ることになっているらしい。それを見たんだ。なんだか、ぞくぞくしてきたな」

「あたしもよ。すごい新発見じゃないの。好奇心が高まってきたわ」

「ぼくが言ったのは、そんな意味でじゃないんだけどな」

「ねえ、つきとめてみましょうよ。霊魂の行きつくところを。この目で見てみたいじゃないの。きっと、すごく幻想的な光景だと思うわ」

「きみは芸術家だから、そんな気にもなるんだろうな。しかし、ぼくは銀行づとめ。安全第一を考えてしまうよ。死者のあとをつけるなんて、危険きわまる」

「でも、あたし、知りたいのよ。あなた、興味ないの」

「そりゃあ、ないこともないさ。しかし、いいか。ぼくは、きみを愛している。きみも、ぼくを愛している。そして、まもなく結婚しようというところだ。えんぎでもないことはやめてくれ」

男は説得した。きみの身が心配なんだ。二人とも変なことで、いま死んじゃつまらない。亡霊を見ただけでもいやな気分なのに、あとをつけるなんて。妙な子供でも生れたりしたら、どうする。林のなかで見かけた女の子そっくりだったりしたら、後悔しきれないぜ。

まあ、結婚し、生活が安定し、なにか刺激でも欲しくなったとする。その時、あらためて出なおしてもいいじゃないか。とにかく、いまはやめておこう。

「わかったわ。そうするわ」

女は男の言葉に従った。

二人はまもなく結婚し、平穏な日々がくりかえされるようになった。やがて子供もうまれた。はじめは男の子、つぎは女の子。健康に育っていった。異変はなにも起らない。

女は、育児に手間がかかるあいだはやめていたが、時間ができるようになると、また絵を描きはじめた。趣味として悪いことではなかった。

七、八年がたった。女は男に言う。
「ねえ。あたしたち、結婚する前に、山へキャンプに行ったわね」

「そうだったな」

「あの時の、霊魂の道のこと、おぼえてる……」

「そういえば、変なものを見たなあ。思い出すと、夢みたいだ」

「あれを調べに行ってみない。あたし、時どき気になってならないの」

「くだらんよ。伝説の調査なんて。それに、ぼくは忙しいんだ。いまや中堅。上からの責任と部下の管理とで、気苦労が多いんだ。おばけを調べに休んででかけたなんて知られたら、周囲がなんと言うか……」

男はとりあわなかった。

それから半年ほどして、女が言った。

「ねえ、子供たちも手がかからなくなったから、あたし、趣味を生かして、画廊をやろうかと思うの」

「なんで、そんなつもりになったんだい。案としては悪くないよ。バーをやりたいなんて言われたら、賛成しないがね。しかし、画廊となると、資金がいるぜ。ぼくは銀行員だが、そんなのに融資したら、公私混同になってしまう。それに、利益があがるかどうかも、見当がつかない」

「なんとか経営していけると思うのよ」

「しかし、なぜ、そんな気になったんだい」

「じつはね、このあいだ、あなた二週間ほど外国へ出張なさったでしょ」

「ああ」

「そのお留守中に、子供を実家にあずかってもらって、出かけたのよ」

「どこへだ」

「ほら、あの霊魂の道へよ」

「なんだって……」

男はいささか驚いた。

「あのころにくらべて、かなりひらけてしまったけど、あの林のあたりは、まだほとんど、もとのままだったわ」

「本当に行ったのか」

「ええ。もう現われなくなっているかもしれないけど、だめでもともと。うまくいけば、いい絵の題材になるんじゃないかと思ってよ」

「こわくなかったのか」

「芸術のためと思えば、それほどでもなかったわ。レンタカーで行けるところまで行き、あとは歩いたの。夕方につけたわ。しばらく待っていると、老人がやってきたわ。いつかの林のなかによ」

「死者の霊魂か」

「そうみたいね。足音もしなかったし、話しかけても返事がなく、そのまま歩きつづけだったもの。あたし、あとをつけたの。懐中電灯で下を照しながらね。道にはなっていなかったけど、そう歩きにくいことはなかったわ」

「えらいことをやったものだな。へたをしたら、帰れなくなるかもしれないのに」

「でも、あたし、死者じゃないもの。あのへんの死者の霊だけが、山へ帰るんでしょ」

「伝説ではそうだったが、いつのまにか死者の国へ入ってしまうかもしれないじゃないか。それで、どうなった」

男は聞かずにいられなかった。

「あそこから五百メートルぐらいかしら。林のなかで夜だから、距離ははっきりしないけど、そう遠くはなかったわ。急にけわしくなったの。そして、そこに草でおおわれてちょっとわからない形だけど、ほらあながあったわ。その老人、そのなかへ入っていったの。で、あたしもつづいて……」

「あぶないぜ。落ちたりしたら……」

「ちゃんと、懐中電灯で下を照してたしかめたわよ」

「その穴は奥までつづいていたのか」

「そうじゃないの。すぐ行きどまりよ。老人はそこの岩の壁のなかへ吸い込まれるように消えてしまったけど、あたしはぶつかって、それ以上は進めなかったわ。生きていては死者の国へ行けないしかけに、なってるわけよ」

「そうだろうな」

「なあんだ、でしょう。この世とあの世との境なんだけど、そう幻想的な光景でもなかったわ。あたし帰ろうと思って、あたりを懐中電灯で照してみたのよ。なにをみつけたと思う……」

「怪しげな彫刻か、白骨か、それとも、ヘビ……」

「ちがうわよ。もっとずっといいもの。あたし持ってきちゃったの」

女は布に包んだものを出した。男がおそるおそるあけてみると、小判が何十枚もあった。一枚を手にとると、ずしりと重い。

「こりゃあ、本物だ。かなりのしろものだな」

「でしょ。これを売って、画廊の資金にしようと思うの。それなら、あなたに迷惑かからないでしょ」

「しかし、うすきみわるいな。たたりがあるかもしれないじゃないか」

「大丈夫よ。死者と小判とは関係ないもの。もし思いの残っている金だったら、霊魂といっしょに、あの世へ行っているはずよ。ね、いいでしょ、画廊をやっても」

「あまり気は進まないが、とめはしない。そんな金なのだ。どうせ、うまくいかないんじゃないかな。いいか。資金を使いきってしまったら、そこでやめるんだぞ。借金を重ねると、終りにはひどい目にあう。これまで多くの商売を見てきているので、よくわかる」

「ええ」

女はあるビルの一室を借り、画廊をはじめた。景気は悪くなかった。いや、それどころか、順調に利益をあげつづけた。

しかし、男は不安だった。なにしろ、普通の資金ではないのだ。内心びくびくしていた。いつ、どんな形でたたりが現われるかわからないではないか。

男は注意し、子供たちの学費やなにかには、その利益を使わなかった。それらは、自分の給料のなかからつごうした。子供たちにたたりが及んでは、かわいそうだ。

使いみちがないので、女は利益を仕事につぎ込むことになり、画廊はビルのさらに大きな部屋に移り、発展する一方だった。

そうなったらなったで、男はまた心配だった。こんなことでいいのだろうか。本当に妻なのだろうか。霊魂の道のほらあなへ行って、そこでだれかの霊にとりつかれたのではないだろうか。

そんな思いで観察したが、以前と特に変ったところもなく、いい妻であり、いい母であり、画廊のいい経営者でもある。やはり、小判は霊魂とはべつなのだろうか。

「ねえ。あなたも銀行をやめて、画廊のお仕事をいっしょにやらない。いままでの生活ぐらいはなんとかなるわよ。経理のほうが大変なのよ」

女が言ったが、男はしりごみした。

「どうも気が進まないな。だれか、適当な人をやとえよ」

調子がよさそうなので、そっちへ乗りかえたとたん、思わぬことで倒産する。たたりとは、そんなふうに現われるにちがいない。

女は絵の買付けのために、外国へ出かけたりもするようになった。そのたびに、男は飛行機事故が気になってならなかった。そもそも、いわくのある金ではじめた画廊なのだ。しかし、そんな心配をよそに、なにもかも順調に進んでいる。

年月がたち、子供たちは成長し、それぞれ結婚した。やがて、孫の出産のしらせを聞き、男はちょっといやな予感をおぼえたが、なんということもなかった。孫は健全で、すこやかに発育していった。

しかし、これでいいのだろうか。いまになにかが起るのじゃなかろうか。男の頭からそれの離れることがなかった。絶えることのない不安のなかで、ものごとはうまく進んでゆくのだった。

さらに年月がたち、男は定年となって銀行をやめた。妻は言う。

「ねえ、もう、ほかにすることもないんでしょ。画廊のお仕事を手伝ってよ」

「やめておくよ。ぼくが手を貸したら、なにか悪いことが起るかもしれない」

「あなたって、心配性ねえ。いままで、なんともなかったじゃないの。それなのにまだ、こだわっているの……」

　何年かたった。ある夜、男は夢を見た。みしらぬ老人があらわれて言った。

「お礼を申し上げます」

「なんのことだ」

「わたしたち、山へ帰った死者の霊のことです。みなにかわって……」

「やっぱり。ついに出たか。だから、いやな気分に襲われつづけだったのだ。そのことだったら、妻のほうに出てくれ」

「はい。奥さまの夢には、たびたび出ております。お礼の申しようもありませんので」

「なんのことだ、お礼って……」

「はい。ほらあなにあったお金のことです。持っていかれてもいっこうにかまわないものでしたのに、奥さまはお帰りの途中、町の石屋にたのんで、小さな地蔵さまを作らせ、ほらあなのなかに置くようにして下さったのです。生きているかたにはおわかりにならないでしょうが、わたくしどもにとって、こんなありがたいことはございません。霊魂にとって、なによりの供養（くよう）なのです。そのことで、奥さまが、あたしだけの発見じゃないのよ、たまには主人のほうにもお礼を言ってよと申されるので、こうしてあらわれたしだいでして……」

夢からさめ、男はそばの妻のやすらかな寝顔を見て、ひとりつぶやく。

「これまで、心配のしつづけ。なんという人生を送ってしまったのだ。こんなしかけだったとは。ちくしょうめ……」

解説

紀田順一郎

ショート・ショートという呼称がまだめずらしかったころ、星さんのはじめての本『人造美人』には〃ショート・ミステリイ〃というサブタイトルがついていた。

表紙は場末の酒場の入口で、時は真夜中とおぼしく、人っこ一人歩いていない路地を薄ぼんやり街灯が照らしているという、いかにも〃ミステリイ〃っぽい意匠だった。たぶん、そのバーでは、無邪気な人造美人ボッコちゃんに一服盛られた客が死に絶えているのだろう。

そう思ってみればいささかの迫力はあるけれども、『おーい　でてこーい』や『セキストラ』などでショート・ショートという新分野へ目ざましくデビューした星さんの処女出版にしては、書名も装幀も、やや伝統的イメージにすぎるように思えてならなかった。

その後二十数年、わたしは自分の本棚のなかで機会あるごとにこの〃ショート・ミステリイ〃というサブタイトルを眺めてきたわけだが、今回『どこかの事件』に収録の二十一篇(へん)を読んでみて、なるほどこれならば〃ショート・ミステリイ〃と称してよいのではないかと、思わず膝(ひざ)をうったものである。

それは、推理小説的興趣をそなえたショート・ショートという意味である。たとえば「入会」という作品では、老後の退屈をもて余している婦人のところへ、〝ぼけ防止の会〟のセールスマンがやってくるが、別段きまった入会規定や会合といったものがあるわけではないらしい。ただ電話で連絡してくることを実行すればよいというだけだ。しばらくして老婦人にかかってきた指令は、ある電話番号にかけ、相手の若い女性とできるだけ長話をせよということだった……。このような発端から、ドイルの「赤髪連盟」を連想する読者がいたとしても何のふしぎもない。老婦人が「ちょっとミステリーじみていて面白いわね」という、まさにそのミステリーじみた導入部を、各篇が備えているのである。

しかし、推理小説への連想といっても、その辺までで、あとはまったく別の世界に連れ去られてしまう。ファンタジーというか、現代風の怪談・綺譚の世界というか、とにかく独自の世界である。「となりの住人」はアパートの隣人が、就寝中に両手両足の指が抜け落ち、それぞれ小さな人間になって窓外へ出ていくという話である。たしかセイヤーズだったか、自分が編纂したミステリー名作集の解説のなかで、〝疾病と狂気の怪談〟という分類を提案したことがあるが、さしずめこの作品などが該当しそうでもあり、いや彼女のもう一つの分類法である〝悪魔と幻影の怪談〟に相当するのではないか、などと考えさせられてしまう、それほどユニークなアイディアなのだ。分類に困るというのは、それだけ新しい証拠である。

悪魔といえば、独房の囚人の夢を描いた「経路」という一篇も、ビアスの「アウル・クリーク川の出来事」をさらに洗練させたような、じつに意外性に富む佳作である。

このようにミステリーじみた作品の集成ということで本書をくってしまえば簡単だが、しかし、それだけでは何となく物たりない。「ポケットの妖精」という一篇では、ひょんなことから妖精を所有することができた男が、女にはもてるようになるが、金運にはさっぱりという話で、そのオチがまたニヤリとさせられるのだが、これは怪談とか綺譚とかいう性質のものではない。

ある朝、突如として何でも食べたくなる体質に一変した男が、昆虫から深海の生物から、ついには人肉まで、ありとあらゆるものを食べたあげく、深海に棲息するようになるが、ついに捕らわれて今度は自分が食べられる羽目に陥る。「これをすりつぶしてですね、乾燥させて粉にする。それを少し食べさせたら、気の毒な子供たちに対し、ききめがあるのじゃないかと思えてならないのです」……。この場合、作者がなにかの、たとえば飽食という現象へのアイロニーを狙っていると思うのは自然だろう。

小さな会社に勤めている、あまり働きのない青年が、ある晩公園のベンチに腰かけていると、隣りにいた男から話しかけられる。あるいは、毎日遅く帰宅する独身サラリーマンが、ある晩となりの部屋から奇妙な物音を聞きつける。星さんのショート・ショートはおおむねこのような、都会の孤独で裏さびしい心象風景からはじまるといってよいだろう。これは、われらが祖先が「むかし、むかし」という定型の語り出しを持っていたのと同じことである。

「むかし、むかし」というかわりに、「その男は、毎晩必ず公園にやってくるのだった」という語り出しになるのである。

つまり、星さんのショート・ショートは現代の説話なのではないだろうか。だれでもそこに説話の要件である登場人物の無名性、時代性、典型性などを読みとることが可能であるはずだ。独房のなかの囚人が苦悩におしひしがれているとか、女にもてない男がうつ向き加減にすれば、そこから孤独と脱出のテーマをもった説話がはじまるのである。

むかしの説話には教訓性があるとすれば、現代の説話には風刺性と批評性が武器となろう。「うるさい上役」には生命保険ならぬ「生命保障」なるものが登場する。つまり、殺されたらそっくりそのまま替わりの生命を提供するというので、上下のサンドウィッチになっている課長クラスにはピッタリ、まことに実感のあるアイディアであろう。「上役の家」は住いに幽霊の出ることを部下に知られまいと、涙ぐましい努力をする上役の話だが、多かれ少なかれ欠陥のある住宅に住まなければならないのが宿命の庶民サラリーマンをホロリとさせる。

本書のなかでも出色の「公園の男」では、事故死をとげた人間の替玉になりきることのできる男を描いているのだが、それだけなら他にもあるアイディアといえようが、その男が「群衆というものを平均化」したような「別れて五分もすれば、すっかり忘れてしまうような」平々凡々たる存在であるというところに、作者のねらいがあるといえよう。組織で働くサラリーマンという存在は、特性のないことが要求されるがために、本質的にいつでも替えがきくものなのだ。そうした状況を描くために、窓際族などをもってくるような安易なことをせず、ミステリアスな雰囲気の綺譚にしたところが、星流ショート・ショートの醍醐味(だいごみ)なのである。

「企業の秘密」は自分の勤務先を産業スパイとして裏切っていたつもりの男が、じつは社長から利用されていたと知って戸惑う話だが、個人のモラルと企業のそれとの矛盾がたくみに描かれている。「先輩にならって」は、うだつのあがらないサラリーマンが、一日に何遍か「クンギッグ」なる〝マイナスの神〟の悪口を叫びつづけると運が向いてくるという話だが、その悪口を仕事より優先させなければ効果がないというところに、作者のシニカルな眼が感じられる。

この集のなかで最も長い「林の人かげ」は、ある意味でショート・ショートをはみだしたような構成とアイディアを備えている。婚前旅行で山中にキャンプに出かけた恋人たちが、霊魂が出没するのを目撃する。男は銀行員、女は画家。二人は結婚後も長いあいだそのことが気がかりで、ついにあるとき妻のほうが現場へ出かけていくという話だが、本来の意味でミステリーじみていて、不気味な雰囲気で読ませる。しかし、ここにもサラリーマンの性格が主題となっていて、まず真相を確かめにいきたいという妻に対して男がいうセリフ、「きみは芸術家だから、そんな気にもなるんだろうな。しかし、僕は銀行づとめ、安全第一を考えてしまうよ」というのが泣かせる。結びの箇所で、「これまで、心配のしつづけ。なんという人生を送ってしまったのだ」と男がボヤくのも、痛烈である。

星流ショート・ショートは追随者が出そうで、ついに出ないというところが興味深い。それは、以上に挙げたような発想の妙もさることながら、そこにメッセージを隠しこむ作者としての用意が、なかなか真似のできないところなのである。『もう少し、自由に生きませんか』――と作者はいっているのである。

（昭和六十一年九月、評論家）

この作品集は昭和五十二年三月新潮社より刊行された。

星新一著　おのぞみの結末

超現代にあっても、退屈な日々にあきたりず、次々と新しい冒険を求める人間……。その滑稽で愛すべき姿をスマートに描き出す11編。

星新一著　マイ国家

マイホームを"マイ国家"として独立宣言。狂気か？　犯罪か？　一見平和な現代社会にひそむ恐怖を、超現実的な視線でとらえた31編。

星新一著　妖精配給会社

ほかの星から流れ着いた〈妖精〉は従順で謙虚、ペットとしてたちまち普及した。しかし、今や……サスペンスあふれる表題作など35編。

星新一著　宇宙のあいさつ

植民地獲得に地球からやって来た宇宙船が占領した惑星は気候温暖、食糧豊富、保養地として申し分なかったが……。表題作等35編。

星新一著　午後の恐竜

現代社会に突然巨大な恐竜の群れが出現した。蜃気楼か？　集団幻覚か？　それとも立体テレビの放映か？——表題作など11編を収録。

星新一著　白い服の男

横領、強盗、殺人、こんな犯罪は一般の警察に任せておけ。わが特殊警察の任務はただ、世界の平和を守ること。しかしそのためには？

星新一著 盗賊会社

表題作をはじめ、斬新かつ奇抜なアイデアで現代管理社会を鋭く、しかもユーモラスに風刺する36編のショートショートを収録する。

星新一著 ノックの音が

サスペンスからコメディーまで、「ノックの音」から始まる様々な事件。意外性あふれるアイデアで描くショートショート15編を収録。

星新一著 夜のかくれんぼ

信じられないほど、異常な事が次から次へと起こるこの世の中。ひと足さきに奇妙な体験をしてみませんか。ショートショート28編。

星新一著 おみそれ社会

二号は一見本妻風、模範警官がギャング……。ひと皮むくと、なにがでてくるかわからない複雑な現代社会を鋭く描く表題作など全11編。

星新一著 たくさんのタブー

幽霊にささやかれ自分が自分でなくなってあの世とこの世がつながった。日常生活の背後にひそむ異次元に誘うショートショート20編。

星新一著 なりそこない王子

おとぎ話の主人公総出演の表題作をはじめ、現実と非現実のはざまの世界でくりひろげられる不思議なショートショート12編を収録。

阿刀田高著
新約聖書を知っていますか
マリアの処女懐胎、キリストの復活、数々の奇蹟……。永遠のベストセラーの謎にミステリーの名手が迫る、初級者のための聖書入門。

阿刀田高著
夢判断
夢の予見性とは？　赤い色の夢を見ると、その夢が必ず実現されるという青年の話「夢判断」など、意表をつく恐怖と笑いの傑作14編。

阿刀田高著
ジョークなしでは生きられない
息苦しい人間関係も、悲しい場面もジョーク一つで切抜けられることがある。爆笑、哄笑、微笑、苦笑……世界の傑作ジョークを満載。

阿刀田高著
ギリシア神話を知っていますか
この一冊で、あなたはギリシア神話通になれる！　多種多様な物語の中から著名なエピソードを解説した、楽しくユニークな教養書。

赤川次郎著
女社長に乾杯！（上・下）
地味で無口なお茶くみ係が、一夜にして華麗な女社長に大変身！　即製キャリア・ウーマン伸子の活躍を描く笑殺ラブ・ミステリー。

赤川次郎著
ヴァージン・ロード（上・下）
愛は素敵なミステリー――。29歳の〝翔べないOL〟典子が、数々のお見合いを体験し、傷つきながら、やっとみつけた花嫁の道とは。

北杜夫著 **孫ニモ負ケズ**

可愛がるだけじゃすまないのだ！ 孫のヒロ君にどこまでも翻弄されるマンボウ氏の日々を、リアルに描いたユーモアあふれる騒動記。

北杜夫著 **母の影**

歌人・斎藤茂吉の妻にして、北杜夫の母・斎藤輝子。自分流の生き方を貫き、世に〝痛快婆さま〟と呼ばれた母を追憶する自伝的小説。

北杜夫著 **怪盗ジバコ**

史上最強の怪盗が現れた！ 世界を股にかけ、盗んだ額は国家予算をはるかに超える――怪盗ジバコの活躍やいかに。ユーモア連作8編。

北杜夫著 **船乗りクプクプの冒険**

執筆途中で姿をくらましたキタ・モリオ氏を追いかけて大海原へ乗り出す少年クプクプの前に、次々と現われるメチャクチャの世界！

北杜夫著 **どくとるマンボウ青春記**

爆笑を呼ぶユーモア、心にしみる抒情。マンボウ氏のバンカラとカンゲキの旧制高校生活が甦る、永遠の輝きを放つ若き日の記録。

北杜夫著 **マンボウ氏の暴言とたわごと**

時に憤怒の発作に襲われるマンボウ氏。ウヌッ、許せない！ 世界の動きから身辺のあれこれまで、ホンネとユーモアで綴るエッセイ。

小野不由美著
魔性の子
同級生に〝祟る〟と恐れられている少年・高里は、幼い頃神隠しにあっていたのだった……。彼の本当の居場所は何処なのだろうか？

幸田文著
動物のぞき
ゴリラ君の戸惑い。禿げ鷹氏の孤高。猛々しくも親愛なる熊さん。野を去った動物、ヒトの哀歓……。これぞ幸田流、動物園探訪の記。

兼高かおる著
私の愛する憩いの地
〝世界の旅〟でお茶の間を魅了した著者が披露するとっておきの地の数々。人、自然、歴史――美しい星地球への愛情あふれる旅案内。

兼高かおる著
私の好きな世界の街
この地球に、人々が咲かせた色とりどりの花、街。パリ、ロンドンからマラケシュまで、この40年世界を隈なく旅した著者の愛する20都市。

鎌田敏夫著
恋愛会話
会話がなければ、恋は始まらない。だから、言葉に愛しい想いをこめて……。せつない気持ちを会話で綴ったロマンティックな短編集。

鎌田敏夫著
29歳のクリスマス
恋を仕事を人生を、あきらめない、投げ出さない。強がりながらいつも前向きな典子に熱い共感が集まった大ヒットドラマを小説化。

新潮文庫最新刊

S・ブラウン
法村里絵訳
虜にされた夜
深夜のコンビニに籠城する若いカップル。期せずして人質となり、大スクープの好機に恵まれたTVレポーターの奮闘が始まる！

A・ランシング
山本光伸訳
エンデュアランス号漂流
一九一四年、南極――飢えと寒さと病に襲われながら、彼ら28人はいかにして史上最悪の遭難から奇跡的な生還を果たしたのか？

フリーマントル
新庄哲夫訳
ユーロマフィア（上・下）
理想のヨーロッパを目指す欧州連合。そこにはびこる巨大悪〝ユーロマフィア〟の恐るべき全貌が明らかに。衝撃のルポルタージュ！

B・ヘイグ
平賀秀明訳
極秘制裁（上・下）
合衆国陸軍特殊部隊にセルビア兵35名虐殺の疑惑――法務官の孤独な闘いが始まる。世界中が注目する新人作家、日米同時デビュー！

C・トーマス
田村源二訳
闇にとけこめ（上・下）
中国軍部と結託し、大掛りな麻薬ビジネスを企む敵に、孤立無援の闘いを挑む元SISのハイドとオーブリー。骨太冒険小説決定版。

A・ヘイリー
永井淳訳
殺人課刑事（上・下）
電気椅子直前の連続殺人犯が元神父の刑事に訴えたかったのは――米警察組織と捜査手法が克明に描かれ、圧倒的興奮の結末が待つ。

どこかの事件

新潮文庫　ほ-4-38

昭和六十一年十月二十五日　発行
平成十三年六月二十日　三十三刷

著者　星新一

発行者　佐藤隆信

発行所　株式会社新潮社

郵便番号　一六二—八七一一
東京都新宿区矢来町七一
電話　編集部(〇三)三二六六—五四四〇
　　　読者係(〇三)三二六六—五一一一

印刷・株式会社光邦　製本・憲専堂製本株式会社

ISBN4-10-109838-7 C0193